「ぐずぐずに蕩けて…もっと奥まで欲しくないか？」
そそのかす声に、眞幸の喉が鳴った。

（本文より抜粋）

DARIA BUNKO

恋知らずのラプンツェル

松幸かほ

ILLUSTRATION 蓮川 愛

ILLUSTRATION
蓮川 愛

CONTENTS

恋知らずのラプンツェル 9
ラプンツェルへの訪問者 265
あとがき 284

この作品はフィクションです。

実在の人物・団体・事件などに一切関係ありません。

恋知らずのラプンツェル

1

午後になり、窓から入る太陽の光の眩《まぶ》しさを感じた桐原《きりはら》眞幸《まゆき》は、一度立ち上がりブラインドの角度を調節して、再び席に戻ると未処理の書類整理を始める。

眞幸の勤める桐賀《とうが》貿易《ぼうえき》は、国内では名の通った桐原物産の子会社だ。眞幸はその桐原物産の現社長の息子で、御曹司《おんぞうし》といわれる立場にある。

とはいえ、本社ではなく、子会社にいることから、本人の能力の有無にかかわらず世間では後継者候補からは外されたと見られている。

そんな評価を眞幸自身も承知しているが、特にそのことについて思うところはない。

もともと、自分はそんな器《うつわ》ではないと思っているし、本社にいれば父親である社長と顔を合わせる機会もあって気まずい思いをするだろうし、もしかすると社長に反旗を翻《ひるがえ》したいと思う勢力に旗頭《はたがしら》にされる可能性もないとはいえない。

そういった面倒そうな人間関係を考えると、平凡なサラリーマンとして暮らせる今の生活を眞幸は気に入っているのだ。

「桐原さん、これ、さっき営業先でもらったんですけどおすそわけです」

眞幸のいるフロアに他に誰もいないのを見計らって、営業職の女子社員が入ってきて、大袋に入った個包装のチョコレートを幾つか渡す。

「あ、春の限定味。もらってしまっていいんですか？」

眞幸の問いに、女子社員は笑顔で頷《うなず》いた。

「もちろんです」

「じゃあ、遠慮なく。いつもありがとうございます」

眞幸は礼を言って受け取る。

一つ年上の彼女は明るく気さくで、その性格ゆえか営業先ともいい関係をすぐに築けるらしく、成績はいつも上位だ。

もらいものをしてくることも多く、分けられるものであればこうして眞幸におすそわけをしてくれる。

彼女だけではなく、眞幸を気にかけてくれている社員は多い。

本社の御曹司でありながら、後継者から外された、という面を不憫《ふびん》がってくれているのか、とにかく親切だ。

特に女性陣は気にかけてくれていて、パートタイマーの「おばちゃん」といわれる年齢層は眞幸が一人暮らしをしていることを知ると、口に合わないかもしれないけれどと言いながら、手作り惣菜《そうざい》を差し入れてくれる。

もちろん、折りに触れてお返しもしているが、彼女たちの優しさはそういう見返りを期待したものではないことも感じる。

「桐原くん、今、ちょっといいかな」

しばらくして部署に顔を見せたのは、武田《たけだ》という男だ。

「ああ、武田さん」

眞幸はそう言って立ち上がると、部屋の片隅に設けられている応接スペースへと彼を促した。

武田は社内の人間ではなく、パソコンなどのシステムメンテナンスを頼んでいる取引先の男だ。

「今回のメンテナンスで、以前から、部門ごとに入力箇所が分かりやすくなるように色付けがされるかたちに変更しておきました。あと、もう少し細かい集計が出るように振り分けもしておいたので、効率は上がると思います」

「ありがとうございます。誤入力がわりと多かったので、助かります」

「どういたしまして。これで眞幸くんの負担が減るならお安い御用だよ」

わざと下の名前を呼んで言う武田に、眞幸は微笑《ほほえ》む。

武田は仕事で来てくれているが、知り合ったのは眞幸が大学生の頃だ。

共通の知人がいて、その人物を通じて知り合った。

その頃は特別に親しかったわけではなく、あくまでも「共通の知人から名前を聞いていて、一応面識もある」という程度だった。

　だが、眞幸が桐賀貿易に就職して事務の効率化などについて悩んでいた時に、武田に相談してみるといい、とその知人から助言をされて再び引き合わせてもらい、以来、会社のオンラインシステムのメンテナンスの契約を結んでいる。

「最近、成彰《なりあき》とは会ってないのかな？　あいつに、今日、眞幸くんの会社に行くって言ったら、よろしく伝えておいてくれって言われたんだけど」

　武田の言う「成彰」というのが、二人の共通の知人だ。

　フルネームは牧野《まきの》成彰といい、眞幸にとっては高校の先輩――といっても、成彰は九つ年上で在学期間はまったく被ってはいない――で、武田は大学時代に同じサークルにいた同級生らしい。

「先月の中頃にお会いしました。夕食に誘ってもらって……」

「それから会ってないの？　もうそろそろ一カ月だけど」

「月初に連絡をいただいたんですけど、僕の都合がつかなくて」

「ああ…システム障害があった頃かな。うわ、俺、絶対恨《うら》まれてる」

　武田はそう言って肩を竦《すく》める。

「そんなことありませんよ。武田さんがすぐ来て下さったおかげで、早く復旧できましたし、あれは完全にこちらの操作ミスで起きたことですから」

　商品管理のためのシステムが新しくなり、操作方法が少し変わったのだ。間違えないように充分にレクチャーもしたのだが、うっかりすると前の操作をしてしまうことがある。

ただエラーが出るだけで取り消せばいいのだが、焦《あせ》って変な操作をしてしまったらしく、システムがダウンしてしまったのだ。

「そう言ってもらえるとありがたいよ。成彰に何か聞かれたら、俺をそれとなく褒めておいてくれる？　あいつ、眞幸くんのことになると厳しくて」

「分かりました。武田さんのシステムのおかげで仕事の効率が上がってますって言っておきます。あと、よく顔を出して下さるので、その時にいろいろ相談もできて助かってますって」

武田にメンテナンスに来てもらうように頼んでいるのは月に一度だが、近くに仕事で来たりした時に顔を出してくれるので、助かることが多い。

だが、武田はわざと難しい顔をした。

「前半はいいけど、後半のよく顔を出す、はＮＧかな。俺の方が眞幸くんとよく会ってるってことになったら、拷問《ごうもん》にかけられそうで」

「拷問って……」

笑う眞幸に、

「いやいや、成彰ならやりかねん。多分、今日もこの後、眞幸くんの様子をレポートで提出させられるだろうし」

武田も笑って返す。

武田はいつもこんな様子で、話していると楽しい相手だ。

「さて、あんまり長居をして眞幸くんの仕事の邪魔をしてもいけないから、そろそろ帰るよ」

そう言って武田は立ち上がる。

「どうもありがとうございました」

「システムで気になることがあったら、すぐに連絡して」

「はい、そうします」

返した眞幸に武田は軽く手を上げて部屋を出ていく。

それを見送ってから眞幸は自分の机に戻って、仕事の続きを始めた。

桐賀貿易の桐原物産の子会社の中での規模は中の下辺りになる。業績はいいとは言えないが悪いというわけでもなく——というか、業績のいい分野は本社が吸い上げてしまい、社長もそれに抗《あらが》うことがないので、生かさず殺さずでコントロールされているようなものだ。

そんな状況なので、正社員の数は多くなく、半数以上がパートタイマーや契約社員で、その分正社員である眞幸の負担は大きかった。

残業も多ければ、持ち帰りになる仕事も結構ある。

それでも、新しい取引が軌道に乗ったり、入荷した商品がＳＮＳなどで話題になったりすると達成感がある。

もちろん、本社での仕事は大きな分、その達成感もさらに大きなものなのかもしれないが、夢を見るのは、もうとうの昔にやめている。

それに、今でも充分幸せなのだ。

今日も残業になってしまい、眞幸は仕事の合間に、さっきもらった個包装のチョコレートの封を開け、口に入れる。

ほどよい甘さにオレンジピールの爽《さわ》やかな柑橘《かんきつ》の香りが絶妙だった。

「おいしい……。今度見つけたら、買って帰ろ……」

呟《つぶや》いて、仕事に戻ろうとした時、携帯電話が小さく鳴った。連絡用アプリケーションに着信があった音だ。

確認してみると、武田との間で話題に上がっていた、成彰からの着信だった。

『さっき武田と会った。忙しそうだと聞いたが、もし時間が取れるなら、週末に食事でもどうだろうか』

「もう会ったんだ……。まさか、呼び出したりした、とか？」

タイミングのよさに勘ぐるが、さすがに偶然だろうと思いなおし、眞幸は返事を打ち始める。

『ありがとうございます。ぜひ、よろしくお願いします。楽しみにしてます』

送ったのはＯＫの返事だ。

すると、すぐに待ち合わせについての相談があり、時間と場所を決めて連絡を終える。

「……楽しみ」

手帳に予定を記入して、眞幸は携帯電話を横に置くと、再び仕事に戻った。

◇◆◇

週末、退社した眞幸は小走りに成彰との待ち合わせ場所に向かった。

残業になることを見越して待ち合わせ時間を決めたのに、思ったより残業が長引いてしまって遅刻しそうなのだ。

なんとか間に合うようにと急いで、待ち合わせ場所に行くと、すでにそこには見慣れたBMWが停まっていた。

そして眞幸が近づくと助手席側の窓が開いた。

「お疲れさま」

運転席に座した男が、外に見える眞幸に笑顔で声をかけた。

無造作に伸びた長めの前髪から見える綺麗な形の整った眉《まゆ》に、真っすぐな鼻梁《びりょう》。男らしく整った顔立ちは人目を引くことこの上ない。

若き経営者としてビジネス誌に取り上げられると、普段はビジネス誌など見向きもしない女性たちが多く手に取り、その号のみ完売した――という逸話《いつわ》を持つのが、牧野成彰という男だ。

「乗って」

促す声に、失礼します、と言ってから眞幸は助手席に乗り込む。

眞幸がシートベルトを締めるのを待って、車は動きだした。スムーズに車列に入り、走りだしてから、

「遅れてしまって、すみませんでした」

眞幸は待ち合わせに遅れたことを謝る。

「いや、時間丁度だ。俺が少し早く着いただけだから気にしなくていい。……相変わらず忙しそうだな」

成彰は運転しながら返してくる。

「そうですね、相変わらずバタバタしてます」

輸出入に携わる仕事であるため、海外とのやり取りも多く、現地の時間との兼ね合いなどから連絡を取るのが時間外になることも多い。

基本的に英語でのやり取りになるのだが、会社には眞幸以外に交渉などができるレベルで英語が話せる者があと一人しかいない。

以前はもう一人いたのだが、結婚して相手の暮らす地方で生活をするために退職したのだ。

三人態勢だった時でも決して余裕のある仕事ではなかったので、今は二人共に負担が増えて

いる。

とはいえ、家族持ちのもう一人の社員にこれ以上の負担はかけられず、結果、眞幸の負担がどんどんと増えているのだが、一人暮らしで比較的自由になる時間が多い自分が引き受けるのは当然だろう。

「先輩こそ、忙しいんでしょう?」

当然だとは思っていても、口にすれば愚痴《ぐち》になるかもしれない。

眞幸はそっと話題を成彰の方へと振った。

「その日によって違うが、毎日、面倒な仕事をどうやって向こうに押しつけるか、川崎《かわさき》との攻防が一番神経をすり減らしてる気はするな」

成彰はそう言って笑う。

彼は大学生の時に高校時代からの同級生数人と会社を立ち上げていた。川崎というのもその中の一人で、社長の立場についている男だ。

もっとも役職は会社を立ち上げた時に全員分の肩書きを籤引《くじび》きで決めたらしく、成彰は副社長という肩書きを引き、そのままになっているのだと以前笑って教えてくれた。

つまり、創業メンバーの肩書きは一応それぞれ違うが、力関係は横並びということなのだろう。

彼らが起こした「SG28」という会社は、高校時代に彼らが仲間内で作って使っていたアプリケーションソフトを無料開放したことから始まったようだ。ユーザーからの意見を吸い上げて改良版を出し、有料版や新たなアプリケーションを販売したところ、大当たりし、そこから徐々に事業を展開した。

成彰が言うには、『それぞれの興味のある分野がバラバラで、その分野でのニッチな企画をしたら当たった』らしい。

当時はまだ大学生で起業というのは珍しく、それで世間から注目されたことも追い風になったが、全員、学生という肩書きの恩恵がある間だけ、と思っていた。

しかし、思った以上に規模が大きくなり、途中でやめられなくなって今に至っている、というのが以前、眞幸が聞いた会社の説明だ。

だが、そこまで規模を大きくできたこと自体が、成彰を始めとして、非凡な才能を持つ人たちが集まっているからだろうと眞幸は思う。

「どうした？　俺の顔に何かついてるか？」

車が信号待ちで停まった時、不意に成彰が聞いた。

「え？」

「俺の顔に見惚《みほ》れてくれてるのかと思ったが、その反応だと違うようだな」

笑う成彰に、眞幸は苦笑する。

「すみません、ちょっとぼーっとしてました」

成彰のことを考えてはいたが、顔を見ていたというわけではないのでごまかす。

「そのぼーっとし具合からすると、かなり疲れてるようだな」

「そうですね、否定はしません」

眞幸はそう言ってから、

「だから、今日はどこに連れていってもらえるのか、楽しみにしてたんです」

と付け足す。

「責任重大だな」

眞幸の言葉に笑いながら返した成彰の車は、港の方へと向かった。

倉庫の並ぶエリアで、レストランがあるような雰囲気ではないが、少し行くと綺麗に駐車スペースの真新しいラインが引かれている箇所があった。

車はそこの一画に停まり、眞幸は降りたが、無機質な倉庫ばかりが並んでいる。

「こっちだ」

成彰は慣れた様子である倉庫へと近づいていく。

灯《あか》りも少なく、気付かなかったが、その倉庫には真新しい黒いドアがつけられていた。そして控えめに『Sadiya《サディーヤ》』と書かれた看板があった。

最初のドアを開けると三畳ほどのエントランスがあり、そこにインターカムをつけた従業員らしい男が立っていた。

「予約をした牧野といいます」

「牧野様、お二人でご予約をいただいておりますね。どうぞ」

従業員の男はそう言うともう一つのドアを開けた。その先に広がっていたのは、外の暗さとは対照的に明るい場所だった。

空模様の壁紙に紗《しゃ》のような薄い布、円形の石を模した柱と、まるで屋外庭園かギリシャやローマ辺りの神殿にいるような優雅できらびやかな空間だった。

「凄い……」

眞幸は思わず足を止め、店内の様子に見入った。

倉庫の利点を生かして天井は高く取られ、二階席もあるが、通常の二階よりも高い位置に設けられていた。

「眞幸、行くぞ」

案内係について数歩先にいた成彰が、眞幸が足を止めたことに気付いて振り返り声をかける。

「あ、はい」

足早に成彰に追いつき、準備されていたテーブルに着く。

そこは一階フロアの奥で、店内の様子がほどよく見える席だった。

「凄く素敵なお店ですね。倉庫の中とは思えない……」

案内係が下がるのを待ってから、眞幸は成彰に感想を告げる。それに成彰は満足そうに笑みを浮かべた。

「知人の紹介で一度来たことがあるんだ。予約客だけでの営業で、その日の予約の人数によって席のレイアウトを変えるらしい。実際、この前来た時とは違ってる」

「そうなんですね。広いフロアなのに、席数が少ない気はしたんですけど……」

「数えたのか？」

「いえ、そういうわけじゃなくて……空間の使い方が贅沢《ぜいたく》だと思って」

テーブル間の距離が広く、隣の席の話し声などは微《かす》かに聞こえては来るが内容までは聞きとれなかった。

そして、かなりオープンな空間だが、装飾としてではなく間仕切りとしての役目も果たしている布のおかげで、テーブルごとの独立性が保たれていた。

「今日は、シェフのお勧めコースでオーダーを通してある。後でメニューを持ってきてくれると思うが、それを見て変更したいならそれでもかまわないそうだ」

「いえ、先輩の見立ては間違いがないので、そのままで大丈夫です」

高校生の時に知り合ってから、成彰は何かと気にかけてくれて、眞幸の好みなどについても彼はよく知っている。

初めて来る店では、成彰に任せておくのが一番だということも眞幸は経験上知っていた。

最初の頃はいろいろと遠慮もしていたが、今ではすっかり素直に甘えることに慣れてしまった気がする。

もちろん、甘えてばかりになるのも悪いので、お返しをするようにはしているが、それでも圧倒的に「してもらう」ことの方が多い。

以前はそれが落ち着かなくて、大学生になった時に思い切って、してもらうことが多すぎて申し訳なく思っていると伝えたのだが、成彰は、

『俺くらいの年齢になると、会って気分よく過ごせる相手っていうのもなかなか難しくてな。こっちはこっちで、俺の気分転換に付き合わせてる罪悪感も持ってるから、眞幸が嫌でなければこれからも付き合ってもらえたらありがたい。それに、可愛い後輩にいろいろとしてやれるのは大人の特権だからな』

そう言って笑った。

確かに九つも上の大人からしてみれば、眞幸などまだまだ子供だろう。

――俺が、今の先輩の年齢になった時、先輩みたいにできるのかな……。

ふっとそんなことを思うが、すぐに無理だろうなと感じた。

人としての器というか、包容力がそもそも違うような気がするのだ。

「……それで、値札をよく見もせずに、じゃあ、その三点セットをっていつも使ってるカードを出したんだ。少ししたら店員が申し訳なさそうな顔で戻ってきて『申し訳ございませんが、こちらのカードの上限が』って耳打ちしてきて……その時に、一桁《ひとけた》見間違えてることに気付い

たんだ」

　食事をしながら話すのは、仕事以外の話だ。もちろん、仕事がらみで知り合った人や商品などの話はするが、仕事そのものについての話はしないというのが、ルールというほどではないが、暗黙の了解的にある。

　もちろん、仕事の話をまったくしないわけではなくて、それは場所を移してからだ。

「じゃあ、七十万……。どうしたんですか、それ……」

「一桁間違えたと素直に言おうかとも思ったが、小さなプライドが邪魔をして、幸いもう一枚、普段使わないカードがあったから『引っ越しでいろいろ買い揃《そろ》えたからかな』なんて言い訳めいたことを言って、そっちのカードで無事に決済をすませたんだが……無知は怖いって思い知った事件だったな」

　成彰はそう言って苦笑する。

　話題になっているのは、成彰がつけていたネクタイピンについてだ。

　成彰はいろいろなネクタイピンを持っているが、それは初めて見るものだったので、話を振ったところ、思いがけない失敗談になったのだ。

「でも、無事に決済できてよかったです」

「ああ、でも、その後しばらくは耐乏《たいぼう》生活で、なんだかんだいっては川崎にタカったがな。その一件以来、さりげなく値札を確認してる」

「先輩の耐乏生活って、なんか想像つかないですね」

「そうか？」

「先輩が、スーパーのおつとめ品をいろいろ買ってる姿とか、想像できないです」

笑って返す眞幸に、

「眞幸は、よくそういうものを買うのか？」

成彰は問い返してきた。

「そうですね……、その日の夕食に食べてしまうお惣菜なんかは、値段が下がっていたら、よかったって思って買って帰ります。それ以外だと、食材なんかは翌日までに調理できるかどうか分からないのであまり買わないですけど」

普段の生活を思い返しながら眞幸は返す。

一人暮らしで、残業が多いので、スーパーに立ち寄る時間はだいたい値下げされたおつとめ品が出る時間になることが多い。

とはいえ、そういった品は、遅くとも翌日のうちに食べきってしまわないといけない気がするので、食材については翌日が休みでもない限りは買わない。

そもそも、平日のスーパーには惣菜が目当てで立ち寄っているところがあるのだ。

「眞幸の食生活について詳しく聞いたことはなかったが…心配した方がいい気がしてきたな。普段は何を食べてるんだ？」

「休みの日にまとめて炊いたご飯をあたためて、作り置きしてあったり、下ごしらえまでしてあったりする食材を適当に味付けして、あとは買ったお惣菜を足して終わりです」

眞幸が答えると、成彰はほっとした顔をする。

「一応、自炊はするんだな」

「そうですね、かろうじて、一応は」

「学生時代から本格的に働き始めにかけての頃の俺よりはよっぽど健全で安心した」

そう言って笑う成彰に、

「逆に、先輩のその頃と今の食生活の差が気になります」

眞幸も笑いながら返す。

「その頃の話をすると、どん引きされそうなんだが……」

成彰がそう言いながらも話をしようとした時、携帯電話が鳴った。

成彰は二人で会っている時には、メールやアプリケーションの着信は基本的にスルーする。

だが、今は通話の方だ。

成彰はちらりと画面を見ると、

「すまない、ちょっと失礼する」

携帯電話と手に取ると、席を立ち、離れた。

会社の取締役などという立場柄、たとえ後輩といっても社外の人間に聞かせられない話もあるだろうし、プライベートな話ならなおのことだと理解しているので、眞幸も特別気にすることはない。

成彰が席を離れている間に、眞幸は料理を堪能する。

——魚って、自分で滅多に料理しないし、お惣菜で買う時もお肉に偏《かたよ》りがちだからあんまり食べないけど、やっぱりおいしい……。

真鯛《まだい》のポアレを食べながら、しみじみと思う。

成彰に話した通り、普段の食生活はかろうじて自炊といってもいいかもしれないというレベルだが、その内容はワンパターンになりがちで、褒められたものではない。

——お魚も週に一度くらいは、食べようかな……。

綺麗に食べ終えてフォークを置き、水を一口飲む。

そのグラスを置いてややすると、成彰がテーブルに戻ってきた。

「悪かったな」

中座した詫《わ》びを口にして座りなおしたが、成彰は眞幸の顔を見て、少し笑う。

「……なんですか？　もしかして、顔にソースか何か、ついてますか？」

笑われた理由が分からなくて問うと、成彰は頭を横に振った。

「いや、そうじゃない。席に戻ってくる時、布越しに眞幸の姿が見えて、初めて会った時のことを思い出した」

「僕が高校二年の時ですね」

眞幸が通っていた高校は、栖芳学院《すおうがくいん》という中高全寮制の学校だった。

高校からの編入もごく少数——その年によって違うが、多くても二十人程度だ——受け入れられており、眞幸はそのごく少数の高校からの編入組だ。

栖芳学院は比較的裕福な家の子供が多く、企業の創業者の家の子息だの、茶道《さどう》や華道の大家の子息だのそういった生徒がごろごろしていた。

眞幸もそういう意味では周囲と同じく「御曹司」という立場ではあったが、実情は彼らとは少し違っていた。

眞幸の実母は、眞幸が五歳の時に亡くなって、そのあと、すぐに父が再婚した。

後妻との折り合いはあまりよくなかった。あからさまな嫌がらせをされたことはなかったが、避けられているのは子供心にも分かった。

何より、彼女は自分の産んだ子供——眞幸にとっては異母弟だ——を溺愛《できあい》していた。

眞幸は使用人たちによって育てられたといっても過言ではない。

だが、彼らが愛情を持って身の回りの世話をしてくれたおかげで、寂しい思いも特にしなかった。

『自分を産んでくれた母親がいない』というのはそういうことだ、と割り切れる程度には眞幸は物分かりがよかったし、その頃には祖父母がいたので、祖父母がちゃんと眞幸に愛情を注いでくれていた。

栖芳学院高等部への編入を父親から持ち出された時は戸惑ったが、将来を考えればそこでコネクションを築き上げることは大事だと説明されて、それには納得できるところもあったし、何より父親にとっても、眞幸を全寮制の学校に行かせることは都合が良かったのだろう。

いや、どちらかといえば、栖芳学院への編入の話を持ってきたのは、後妻かもしれない。

彼女が自分の存在を疎んでいることは、もうこの頃にははっきりと理解していたからだ。

実際、一年生の時に、ゴールデンウイークや夏休みといった長期の休暇の際には実家に戻ったが、眞幸の帰宅に合わせるように後妻は異母弟を連れて旅行に出て、顔を合わせることがなかった。

それが「顔を見たくない」という意思表示だということは分かったし、それに対して言い訳めいた話をする父親の言葉も聞きたくなくて、冬休みからは家に戻らなかった。

栖芳学院には、いろいろな理由で——単純に面倒くさいとか、両親が共に海外の危険な地域に赴任しているのでおいそれと会いに行けないとか——長期休暇も寮で過ごす生徒が一割程度いたので、眞幸が家に戻らずとも、特に誰も何も聞いてはこなかった。

そして二年になったゴールデンウイーク。

眞幸はお気に入りである図書館棟の時計台の下の窓辺で本を読んでいた。

栖芳学院は山の中腹にあり、中等部の寮と校舎は麓《ふもと》側、図書館棟を挟んで高等部の寮と校舎は山頂側に建てられていた。

図書館棟は中等部高等部の共用だが、両方の校舎の高低差から、一階には中等部向けの資料や書物が、そして二階が映像資料などを利用するためのオーディオルームになっており、高等部向けの資料や書物は三階にあった。

その図書館棟の端に、そこから尖塔《せんとう》のように延びる時計台があり、途中の小さな窓のある場所が眞幸のとっておきの場所だった。

時計修理のために機械室に上る折れ階段が設けられているのだが、その折れ階段の途中には何箇所か有事の際の備品を収めた箱の置かれたスペースがある。

眞幸がいたのもその中の一つで、眞幸がイスがわりに座っていたのは、その備品入れだ。

わざわざ階段を上ってこなければならない場所なので他に人が来ることもなく、静かで、ゆっくりと本を読むには丁度いい場所だった。

この時も、図書館から借りた本を手に、眞幸はそこで読書していた。

寮の部屋は二人一部屋で、同室の生徒が帰宅しているので、部屋にいても静かだからそこで本を読んでいてもよかった。

だが、わざわざそこを選んだのは、本を読み終わればすぐに階段を下りて図書館で新しいものを借りてこられるし、何にも増して自分の部屋よりも、ここの空間にいる方が眞幸は落ち着いた。

多くの生徒が帰宅して、いつも以上に人気《ひとけ》のない場所で眞幸は物語の世界に没頭する。そしてふっと読む目を止めたのは、視線を感じたからだ。

寮に残っている誰かが来たのだろうかと視線を感じた階段側を見ると、そこには見たことのない長身の男が立っていた。

シャツを無造作に肘《ひじ》辺りまで折り上げ、グレーのベストに同じ色のスーツパンツを纏《まと》った男は、眞幸が自分に視線を向けたのを確認すると、ほんの少し口元に笑みを浮かべてから、

「読書の邪魔をしたか？」

そう聞いてきた。

「いえ、特に邪魔というわけでは……」

「渡り廊下から、ここに人がいるのが見えて、気になって来てみたんだが。俺は、牧野成彰。この学院のＯＢだ」

眞幸は本を窓辺に置いて立ち上がると、

「はじめまして。僕は桐原眞幸といいます。高等部の二年生です」

軽く挨拶《あいさつ》をして、名乗る。

学院には、普段から週末などによくＯＢが来ていた。

在校生の進路相談に乗るためだったり、純粋に遊びに来たり、目的は様々だが特に珍しいわけでもなく、眞幸は会わなかったが昨日も別のＯＢが来ていた。

「こんなところにわざわざ来るとは……、何かここは君にとって特別な場所なのか？」

ＯＢが問うのに、眞幸は窓の外に視線を向けた。

「静かだし……ここからだと景色がよく見えて、穴場なんです」

図書館棟は三階建てだが、高等部校舎の二階と図書館棟の三階が斜面に建てられている都合上同じ高さにあり、二つは渡り廊下でつながっている。そこが、さっき男――成彰が眞幸を見かけたという渡り廊下だ。

そして眞幸のいる時計台の窓辺はそこから一階半、上がった場所にあり、視界を遮るものがないため、高等部校舎とその奥にある寮棟や運動場、窓を開けて少し頭を出せば、麓の街も見えた。

眞幸の言葉に成彰は窓辺に近づくと、外を見る。

「確かにそうだ。……六年も在籍していたが、外で遊ぶのに夢中で図書館に寄りつきもしなかったせいか、こんな穴場があるなんて、今初めて知ったな」

納得したように言ってから、成彰は視線を眞幸へと向けた。

「よかったら、寮のカフェテリアでお茶でも飲まないか？」

カフェテリアというのは、寮の食堂の隣にある、自動販売機が並ぶ談話室のことだ。

人気の場所なのでいつも入れ替わり立ち替わりで生徒がいるが、ほとんどの生徒が帰省している今は空いているはずだ。

ＯＢだから、それを見越して誘ってくれたのだろう。

そして誘われて断るのも悪いので、

「ありがとうございます。お言葉に甘えます」

眞幸は誘いに応じた。

「じゃあ、行こうか」

成彰は言って、先に階段を下りていく。眞幸は持ってきた本を手に、その後を追った。

それが、成彰との出会いだった。


「眞幸は、俺たちＯＢの間じゃちょっと有名だった」

その当時のことを思い出しながら、少し愉快そうに言う成彰の言葉に、眞幸は少し首を傾《かし》げた。

「そうだったんですか……？」

成彰と出会ってからはいろいろなＯＢに紹介されたりして、少しずつ知っている人も増えたが、その頃は寮でも話す相手は寮の同室や隣室、あとは同じクラスか、高校からの編入組に限られていたので、地味で目立たない存在だったと思う。

なのに、その当時すでに有名だったと言われても、まったくピンと来なかった。

「『時計台の窓辺にラプンツェルがいる』って噂《うわさ》だった。レースのカーテン越しに麗《うるわ》しい横顔だけが見えるっていうふうにな」

「ああ……日よけに、僕が百均で買ってきて勝手につけたカーテンですね」

時計台の穴場を見つけたのは一年生の一学期だった。その頃は気にならなかったのだが、夏休みが終わって少しすると太陽の角度が変わったのか、窓から入る日差しがきつくて、本が読みづらく、仕方がないので百円均一で買ってきた突っ張り棒とレースのカーテンを勝手に取りつけたのだ。

「あのカーテン、百円均一だったのか？」

驚いた様子で成彰が聞き返す。

「そうですよ。週末の外出の番がきた時に、買ってきたんです」

毎週末には、人数を区切って順番に外出が許可される。

朝十時に寮から麓に下りるバスが出て、夕方四時に戻るバスがあるのだ。

そのバスに乗れる人数分だけ、街に出て、そこで雑誌やお菓子などを調達して戻ってくるのだ。

眞幸は自分の番がきても、特に欲しいものがない時は他の生徒によく譲っていたが、その時は街に下りて、他の生徒に教えてもらった百円均一の店を巡って、いろいろ買い物を楽しんだのを覚えている。

「そうか、百均だったか……。きっとあれはフランスのアンティークレースだとか、ラプンツェルがレース糸で編んだものかもしれないとか、いろいろとみんな勝手に妄想を掻《か》き立てられていたんだが」

成彰の言葉に眞幸は苦笑する。

「一介の男子高校生にはアンティークレースを買ったりする甲斐性《かいしょう》も、レース編みをするスキルもありませんよ、普通」

そう言ってから、

「でも、そんな噂があったんですね……、知りませんでした」

改めて、そのことに驚く。

「台風の目の中心は静かだというからな。まあ、眞幸らしい」

今度は成彰がそう言って苦笑してから言葉を続けた。

「噂になっているわりに、誰もラプンツェルに声をかけたことがないと言っていたから、誰が最初に名前を聞けるかなんて話も出てた」

「……先輩より先には、誰もいらっしゃいませんでしたけど……」

眞幸があの場所に行き始めたのは一年の一学期が終わる前からだ。

レースのカーテンをつけたのが九月の終わり辺りで、その後に自分の姿を見られていたのだとしても五月まで半年以上、誰も来なかった。

噂になっていたなんて大袈裟《おおげさ》に言って、眞幸をからかっているのかもしれないと思ったが、

「眞幸が本物のラプンツェルのように毎日いつでも時計台にいれば、声をかけるのも容易だっただろうが、決まった時間に行ってたわけでもないだろうし、俺たちの方でも、やっぱり他の生徒がいる時にそいつらを放り出してってわけにもいかなかったからな。俺もラプンツェルの噂を聞いてから、声をかけるまで、二回空振りで、一回は時計台にいるのは見えたが、他の生徒の進路相談に乗ってやる約束をして、一緒に移動しているところだったからな。後で行ってみたが、もういなかった」

当時のことを聞かされて、眞幸は納得する。

OBが来ていたのは土曜や日曜が多かった。

土日は眞幸も普段は大掛かりにはできない部屋の掃除や洗濯——部活動が忙しい生徒は有料のランドリーサービスに出していたが、眞幸は週中と週末に一度ずつ自分でランドリーコーナーに行き、洗っていた——をしていたので、時計台には行ったり行かなかったりだった。

「だから、あの日、窓辺に眞幸がいるのを見た時は奇跡かと思った。ゴールデンウイークに、帰省してないと思っていなかったからな」

寮のOBは長期休暇に帰省せずに寮で過ごす生徒の様子を見に来ることがあった。

親しくなった生徒とは学校の許可を得て、外出や旅行に連れていってくれたりもした。

それはOBたちが、かつて自分が生徒だった時に受けた恩を、先輩に返すのではなく、下の

世代に回すことでいい循環をさせるという意味合いもあるらしい。

栖芳学院卒業生は同族意識が強い、といわれているらしいが、恐らくOBのまめな訪問が礎《いしずえ》の一つになっているだろうと思う。

眞幸も、その時に成彰と知り合い、それから今までこうして世話になっている。

「家に帰るより、よっぽど楽しい経験をさせてもらったって、今でも感謝してます」

出会った年の夏休みから、他の帰省しない生徒たち数人と一緒に、長期休暇のたびに成彰に別荘を始めとして、いろんな場所に連れていってもらった。

「眞幸はいい子だったからな。他の連中は、別荘に行ったのに野宿させられたって、未だに文句をブー垂れてくる」

成彰はそう言って笑う。

成彰の別荘にはいつも十日近く、泊まらせてもらっていた。

だが三日目、眞幸以外の生徒が些細なことでケンカをして大騒動になり――眞幸はその時、散歩に出ていていなかったのだが、戻ってきたら荒れ果てたリビングで、正座した同級生四人を前に仁王立《におうだ》ちの成彰がいた。

時刻は夕方。

成彰はそもそもケンカを始めたきっかけの三人――一人は止めに入って巻き添えになっただけらしい――を強引に外へ引きずり出し、寝袋を投げ、

「一晩頭を冷やせ」

短く、そう言い、家中の施錠をし、眞幸たちに三人を家の中に入れたら外に出す、と告げた。

その後、眞幸ともう一人の生徒でリビングの片付けをし、それから成彰を交えて食事を取り――にぎやかだったそれまでと違ってまるでお通夜のような気分の食事だった――それぞれ部屋に引きあげたのだ。

だが、眞幸はどうしても三人が気になって、成彰に気付かれないようにこっそり、自分が持ってきていたお菓子と、三人の部屋から毛布を取って来て、外に出た。

三人は固まってそれぞれの寝袋の中に入っていたけれど、寒そうで、眞幸が毛布とお菓子を差し入れると喜んでくれたが、

「眞幸が牧野さんに怒られないか？」

と、一様に心配してくれた。

「三人を中に入れるのはダメだって言われたけど、差し入れはダメって言われてないし……同罪って言われたら、明日からよろしくお願いします」

眞幸は笑って言って、明日の朝、成彰が起きる前に毛布を回収に来ると告げて、また部屋に戻った。

そして翌朝、夜明け前に毛布を回収し――みんな、外ではやはりあまり眠れなかったらしく起きていた――また部屋に戻って、何事もなかったようにもう一度眠って、いつもの時間に起

きて朝食の準備を始めた。

　朝食はそれぞれ好きに冷蔵庫にあるもので用意して食べることになっていて、眞幸がパンを焼く準備をしていると成彰が来た。

　普通におはようございますと挨拶をして、一緒にパンを焼きますか、と、昨日までと同じように聞いて、パンを焼き、流れで一緒に食べ始めて少しした頃、

「連中の毛布はちゃんとあとで土埃《つちぼこり》を払っておいてくれ」

　さりげなく言われた。

「わかりました。帰る前に、僕のと一緒に綺麗にしておきます。多分、僕も今夜から寝袋組だと思うので」

　なんらかのペナルティを受けるだろうと覚悟をしていたので、先に自分から申し出たのだが、眞幸の言葉に成彰は驚いた顔をした。

「存外に男前な性格だったな」

「え？」

「認めてくるのはまあ予想の範囲内だとして、その後、言い訳するか、泣くか……その辺りのパターンを想定していたんだが」

　そう言って笑う。

「バレてる場合のこともシミュレートしていたので……。勝手をしてすみませんでした」

素直に謝った眞幸に、

「お姫様の謝罪に免じて、頭も冷えただろうし、外の連中は中に入れてやろう。あとで、朝飯を食べに戻ってこいと言っておいてくれ」

成彰はそう言うと綺麗に朝食を食べ終えて、食堂を後にした。

眞幸はまだ自分が食べている途中だったが、すぐに三人に成彰から許可が下りたことを告げに外に出た。


「――儚《はかな》げな見た目そのままの、自分から事を起こさないタイプかと思っていたから、あれは意外だった」

その時のことを思い出して、成彰が言う。

「友達が外で過ごしてるって思ったら、居心地が悪かっただけで、大したことはしてません」

「それでも、居心地が悪いと思って、リスクを取ってでも行動に移すっていうのは、なかなかできるものじゃないだろう？　眞幸がそういうタイプに見えなかったから、余計に驚いた。もっとも、次の休暇の時にも、あれは外でだったが、また連中がケンカをおっぱじめた時にはなんで懲《こ》りないんだと驚いたがな」

そう言って笑う成彰に、眞幸は苦笑した。

もっともケンカがあったのはその二回だけだ。

その後は何事もなく、楽しく過ごした。

みんな、それぞれに家に戻れない事情があって――みんな、そのことに触れはしなかったが
――一人で抱えるには、当時の自分たちには重かったのだろうと思う。

「先輩のおかげで、本当に楽しかったです」

「思い出作りに貢献できたなら何よりだ」

「思い出作りは現在進行形なので、これからもよろしくお願いします」

眞幸がぺこりと頭を下げると、成彰は、ちゃっかりしてるな、と笑った。


いつもより多めに思い出話をしながらゆっくりと食事を楽しんでから、眞幸はマンションまで送ってもらった。

高校を卒業する時に、家から大学に通うよりも便利だろうと父親に与えられたマンションだ。

もともと父親が趣味のレコードや酒を楽しむための部屋として使っていて、眞幸をここに住ませる時に、父親は新しいマンションの部屋を買い、そっちにコレクションルームを移した。

眞幸を新しい部屋に、ということにならなかったのは、後妻がいろいろうるさいからだろう。

そのため、築年数はそう新しいわけではなく、コンシェルジュがいるような豪華なエントラ

ンスがあるわけでもない、ごく標準的なマンションだ。

しかし、セキュリティーもそこそこしっかりしていて、男が一人暮らしをするにはなんの不安もない。

3LDKと広く、大学時代には同級生から羨《うらや》ましがられたが、ここを与えられたのが通学に便利だからという親心だけではないことは分かっていた。

できるだけ家に帰らせないようにするために、向こうが講じた措置だ。

そして眞幸には、どうしても実家に帰りたい事情もなく、それに応じて、それ以来ずっとここで暮らしている。

社会人になって働き始めた時に、家賃を支払えと言ってくるかと思ったのだが、ここに暮らし始めた事情が、父親にとっては後ろめたいものだからか、特にそれを言ってくることもなく、眞幸もこっちから言わなくてもいいかと、ありがたく家賃なしで住ませてもらっている。

「ガラスの馬車は無事、お城に到着」

マンション前の道路に車を停めた成彰がおどけて言う。

「ガラスの馬車って、シンデレラじゃありませんでしたか?」

確か、自分が噂されていたのは「ラプンツェル」としてだった気がして眞幸が問うと、

「最近じゃ、プリンセスでひとくくりなところがあるから、大差ないだろう」

「意外とざっくりですね」

眞幸は笑って返した後、

「天井裏のあばら家ですが、お茶でもどうですか？」

シンデレラが継母《ままはは》に追いやられた天井裏の小さな部屋になぞらえて聞いてみる。

「魅力的な誘いだが、送り狼《おおかみ》にならない自信はないからな。遠慮しておこう」

わざと真面目な顔をして、成彰は言う。

「今度は赤ずきんちゃんが出てきそう」

「送り狼、は慣用表現ってわけでもないが、普通に使うだろう？」

「僕は使ったことありませんけど、先輩が普通に使うってことだけは理解しました」

眞幸が言うと、成彰は苦笑する。

「今夜は楽しかった。今日はゆっくり休め」

「こちらこそ、楽しかったです。ありがとうございました」

眞幸は礼を言い、車を降り、ドアを閉める。

すると助手席側の窓が開けられ、
成彰が声をかけてくる。

「おやすみ」

「おやすみなさい」

眞幸が挨拶を返すと、成彰は口元だけで笑い、車を車道へと出した。

成彰の車のテールランプが離れていくのを見送ってから、眞幸はマンションの中に入った。

2

週明けの月曜。

いつも通りに少し残業をしてからマンションに戻ってくると、エントランスフロアのベンチに座っている一人の若い男がいた。

その男は眞幸の姿を見つけるとすぐに立ち上がって笑顔を見せ、手を振ってきた。

「兄ちゃん！」

「一《かず》くん」

眞幸も笑みを返し、軽く手を振る。

彼は、桐原一史《かずし》。眞幸の異母弟だ。

「やっと帰ってきた。残業？」

「うん、ちょっとだけ。一くんは？」

眞幸が問うと、一史は手にしていたエコバッグを軽くかざす。

「兄ちゃんと一緒にご飯食べようと思って、弁当買ってきた」

「家でご飯食べなくてもいいの？」

大学生の一史は眞幸とは違い、実家から大学に通っているのでいつもちゃんと食事の準備がされているのだ。

「今日は、教授の手伝いで遅くなるから食べて帰るって言ってきたから。兄ちゃん、鶏南蛮《とりなんばん》弁当と焼き肉定食弁当、どっちがいい？」

聞いてくる一史に、

「焼き肉」

即答すると、

「ええ、嘘《うそ》！　兄ちゃん、絶対鶏南蛮選ぶと思ってたのに。……じゃあさ、半分こしよ？」

どうやら一史は焼き肉狙《ねら》いだったらしく、半分こを提案してきた。

少し必死なその様子に、眞幸は笑う。

「冗談だよ。鶏南蛮の方が好き」

眞幸の言葉に、一史はほっとした顔をしつつ、

「ホントにそっちでいい？　もし俺に遠慮とかしてるんだったら……」

眞幸が我慢をしている可能性を考えて、そう聞いてきた。

「僕が今まで、焼き肉弁当選んだことある？　一くんをからかっただけ」

「よかった。ちょっと会わない間に兄ちゃんの好みが変わっちゃったかと思った」

からかわれたことを怒るより、眞幸の好みが変わっていないことに安心したような顔をする一史を、眞幸は純粋に可愛いと思う。

一七〇ギリギリ辺りで身長の伸びの止まった眞幸に対して、一史は一八〇半ばくらいある。

──先輩と同じくらいあるのかな……。

成彰もかなりの長身だが、一史はいくらか小さく見える気がする。

──あ、先輩の方が鍛えてるって感じがするから、かな。

成彰はきちんと鍛えられた大人の体という感じがするが、一史はいくらか線が細い感じがする。

とはいえどちらにしても、華奢《きゃしゃ》という、あまり男としては喜ばしくない形容詞を使って表現されることが多い眞幸からすれば羨ましいことこの上ない。

一史と一緒に部屋に入り、ダイニングではなく、リビングのラグの上に腰を下ろし、小さなテーブルを挟んで向かい合って一緒に弁当を食べる。

「一くん、大学は？　卒論で忙しいんじゃないの？」

食べながら近況を聞いてみる。

「んー、翻訳されてない資料使うことも多いから、訳すのに時間かかって、思うように進まないから焦るっていうのはあるけど……就活しなくていい分、他の奴らよりは精神的にも時間的にも楽かな」

一史は考えながら答える。

一史は、眞幸よりも四つ年下で大学四年生だ。

周囲の同級生が就職活動と卒業論文の両方で忙しい中、一史が卒業論文に専念できているのは、すでに就職が決まっているからだ。

来年の春から、一史は桐原物産の本社で働き始める。

「時間があったのに、このレベルの卒論かって言われたくないから頑張りたいとは思うんだけど、どうやったって教授から見たら手のひらの上で転がすレベルじゃん？　目新しいことなんか何一つとしてないっていうかさ」

「だって、卒業論文だからね。研究論文じゃなくて」

「どういうこと？」

首を傾げる一史に、

「だから、卒論って四年間学んできたことをまとめたらこういう感じです。こういう理解をしましたっていうのを伝えるための論文だから」

眞幸は自分が思う「卒業論文」についての持論を口にする。

「そういうもんなの？」

「一くんが、この後、修士課程に進むなら、そういう論文だとダメかもしれないけど、そうじゃないから……。いろんな講義で学んだ考え方や概念から、選んだテーマについてアプローチをして自分なりの解釈を展開してくって形にしかならないよね。教授もそこで学習の習熟度を測って成績をつけるわけだし」

眞幸の言葉に一史は瞬きをした。

「はー、なんか、目から鱗《うろこ》ったカンジ……」

「そう？　まあ、無理しないように頑張って」

眞幸が言うと、一史は、うん、と返事をした後、

「あーあ、卒業したら俺も一人暮らししたいなぁ……。そしたら、兄ちゃんと好きな時に会えるしさぁ」

甘えるような口調で言う。

「今だって、好きな時に来てるのに」

苦笑しながら、眞幸は返す。

一史は基本的に、眞幸に会いに来る時に事前連絡を入れてくることはない。

週末は出かけてることが多いよ、と前から伝えているので、その時だけはアポイントメントを取ってくるが、そうでなければ今日のようにエントランスで待っている。

眞幸も平日は、多少残業はあっても真っすぐ帰ってくるので、一史が空振りすることは滅多にないのだ。

「そうだけど、やっぱ、嘘ついて会いに来てるとこあるじゃん？　なんかコソコソしてる感ハンパないっていうかさー」

「一人暮らしなんて、朋加《ともか》さんが、許可しないだろ？　本社勤務なら、父さんと一緒に出社す

ればいいわけだし」

「なんか、出社が親父と一緒とか、超監視されてる気分になるんだけど」

渋い顔をした一史に、

「父さん、元気にしてる？」

さりげなく聞いてみる。

悪い話は聞かないから、元気なんだろうとは思うが、もう一年以上、直接顔は見ていない。

たまにネットニュースで写真が掲載されることがあるので、ああ変わらないな、と思う程度だ。

「元気っつーか、母さんと一緒に怪気炎上げてる感じで、なんかキモい」

「怪気炎？」

「うちって、あそこ…瀧川《たきかわ》グループとあんま、仲良くないじゃん？」

瀧川グループは日本屈指の大企業で、その規模は桐原とは桁違いだ。

『瀧川グループ社長の言葉は、首相の言葉より日本経済に影響を与える』

などとまことしやかに言われるほどだ。

「ああ、うん。うちと同じ分野の部門を、向こうも持ってるからね」

「なんか、競合する部品があるって。それで、なんかの大きなプロジェクトでそれの納入で競ってるみたいな。そこで採用された方がその分野でのスタンダードになるから、その部品で瀧川を見返すとか言ってた気がする」

「一くん、情報アバウトすぎ。来年から桐原で働くんだから」

笑って返すと、一史は眉根を寄せた。

「そうだけど、あの二人が嬉々として将来展望的なこと話してると、うすら寒くて聞く気が失せるんだよな。特に、母さんの話はさ。だから、できるだけ家に帰りたくないんだよ。大学卒業、就職って、一人暮らしのいいタイミングだって思ってんだけどさ。……兄ちゃんが家に帰ってこないのは、母さんがいるからなんだろ？」

直球で聞いてくる一史に眞幸は苦笑した。

「それだけじゃないけど、理由の一つにはなってるかな」

眞幸が五歳の時に実母が亡くなり、僅《わず》か半年後に父親は再婚し、後妻として朋加がやって来た。

その時、朋加は一歳になる子供を連れていた。それが一史だ。

連れ子同士の再婚というわけではなく、一史の父親は眞幸の父親と同じ、桐原雄介《ゆうすけ》だ。

眞幸の母親の存命中に、雄介と朋加の間に生まれた子供なのだ。

「あの女の考えてること、マジで意味不明」

一史はあからさまに嫌そうな表情で、母親を『あの女』呼ばわりする。

「一くん、『お母さん』だよ」

窘《たしな》める眞幸に、

「長男差し置いて俺に『一』の漢字使った名前付けるとかあり得ねえじゃん。どんだけ自己顕示欲の塊《かたまり》だよ」

吐き捨てるように一史は言う。

「そもそも、不倫して、俺産んどいて、兄ちゃんのお母さんが亡くなってすぐ再婚とかってのも考えらんねぇし、兄ちゃんのお母さん、その時、入退院繰り返してたんだろ？　病気の奥さんと子供放り出して、よその女とイチャつける親父の神経も疑うし、即行再婚ってとこもマジでイミフ」

自分の出自や漢字の意味を、一史がいつ知ったのか、眞幸は知らない。

だが、一史が傷ついたことは間違いなかった。

そのせいか、少なくとも高校生になった頃から一史は公文書以外では自分の名前を「和史《かずし》」と書いていた。

それが周囲に浸透すれば、成人後なら改名が比較的容易だと知ったからだ。

そして、それを実行に移すくらいに、一史は自分の名前を嫌っているし、両親に対しての嫌悪感を隠しもしない。

「それに、何で俺が本社で、兄ちゃんが子会社なんだよ？　二人とも本社か、俺が子会社で兄ちゃんが本社ってのが一般的じゃねぇの？」

「一くん、僕に対して悪いとか、そういう感情から、二人を断罪しようとしてるなら、それはやめよう？　僕は今、充分幸せだし。……それとは別の理由があるんだったら、それは僕にはどうしてあげることもできないけど」

　眞幸は静かな声で言った。

「兄ちゃん……」

「何？　急に情けない声出して」

　敵意むき出しで吠《ほ》えていた犬が、飼い主に叱《しか》られてシュンとしたような様子を見せる一史に、眞幸は笑う。

　その眞幸に、一史は思い詰めたような顔をして聞いた。

「兄ちゃんは……俺を嫌だって、思ったことない？」

「ないよ」

　眞幸の返事は即答だった。

　迷う要素が何一つとしてなかったからだ。

　朋加が後妻として家に来た時に、父親から一史を弟だと紹介された時は、大人の事情も分からず、ただ弟ができたということが嬉しかった。

　とはいえ、普通の兄弟のように育ったわけではない。

　朋加が、あまり二人を会わせないようにしていたからだ。

　四歳という年齢差は子供には大きく、それを理由に「一緒に遊ばせる」ということをさせなかった。

それでも、一史は時折しか会わずとも眞幸のことを「兄」として、いつの間にか慕ってくれていた。

そして子供の頃にあまり会えなかったことでこじらせたのか、多少ブラザーコンプレックス気味な気がする。

「本当に？　ちょっと、即答すぎて適当に言われてる感あるんだけど……」

疑ってくる一史に眞幸は苦笑する。

「本当。朋加さんに虐待されたとかいうなら話は違ったかもしれないけど、衣食住は守られたし、困ったことってなかったからね」

「けど、全寮制に転入とかさせられたじゃん」

「学閥とか、そういうのを考えたら、学生のうちにコネクションを築いておくのは大事だってとこは同意できたし」

「じゃあ、俺はなんで栖芳学院じゃなかったわけ？」

一史は食い下がってくる。

一史は眞幸が高等部に編入した後、自分は中等部から栖芳に入るつもりをしていたらしいが、両親によって他の学校に入学させられた。

そことて、各界の有名人や、名家の子女たちが通うので有名な学校だ。

「兄弟で同じ学校に通ったら、学閥つながりが狭まるじゃん。二人とも別の学校に行った方が、人脈的に広がるから得って戦略なんじゃない？」

実際、眞幸の同級生には兄弟全員、バラバラの学校だという生徒が多くいた。

「理由としては通るけどさ……」

「それに、栖芳に通ってたから、今も可愛がってくれる先輩がいるし、僕としては結果オーライっていうか、ラッキーだったよ」

眞幸が言うと、一史は何かピンと来たらしい。

「まだ、会ってるの？　SG28の……」

「牧野先輩？」

「うん、その人」

「会ってるよ。この前の金曜日も、ご飯、ごちそうになってきた」

「どこで？」

「確か『Sadiya』ってお店。港の倉庫街にあるんだけど、中は別世界で凄く雰囲気が良かった。デートで使ったら、絶対いいと思う」

眞幸が出した店名を、一史は即座に検索する。そしてしばらくして、

「あー、ダメだ。学生に手出しできる値段の店じゃない」

そう言って天を仰ぐ。

「え、そんな高いお店なの？」

眞幸が身を乗り出すと、一史は携帯電話を眞幸に渡した。

そこで確認してみると、ほとんどの料理が「時価」になっていて、値段の分かるものも、確かに無言になりそうな値段だった。

「……わ、本当だ」

成彰が連れていってくれるのは、いつも高い店ばかりというわけではない。

狭くて古くて、値段もリーズナブルだけど、出てくる料理が絶品な居酒屋だったり、おでんの屋台——やっぱりおでんが絶品で、ついでにいえば各地の地酒の名品が揃っていた——かと思えば、完全予約制でセレブ御用達《ごようたし》のフランス料理店だったり、だ。

金曜日の店は、雰囲気から決して安くはないだろうと思ったが、想像以上だった。もちろん、それだけの価値のある料理は出たが。

「何かお返ししないと……」

呟いた眞幸に、

「SG28の創業メンバーで取締役とかなんだろ？　だったらそうとうな金持ちだし、別にいいじゃん。可愛い後輩としておごられとけばさー」

一史は言う。

「それですませていい値段？」

「いいんじゃない？　だって付き合い長いんだろ？」

「僕が高校にいた頃からだから、七、八年」

「だったら、保護者的な気持ちなんじゃないの？　兄ちゃん、俺をレストランに連れてったとして、見返り期待する？」

「弟に見返り期待してどうすんの？」

　返した眞幸に、

「多分それと同じじゃない？　もし、見返りを期待してるんだとしたら、そのうちなんかアプローチあるよ。会社の機密を寄越せとかさ」

　そう言って一史は笑う。

「お金になるような機密なんてないから、うちの会社」

「いや、分かんないじゃん。もしかしたら、販売ルートを使って別の物をやり取りしてるとか、実は販売員に見せかけてスパイが！　とか」

「サブスクで海外ドラマ見すぎ」

　眞幸が言うと、一史は、

「今、めっちゃお勧めのドラマがあってさ！」

　嬉々とした様子で、ハマっているドラマのプレゼンテーションをしてくる。

　眞幸は苦笑しながらも、そのプレゼンテーションに聞き入った。

◇◆◇

「今日、無事に契約締結できました！」

数日後、桐賀貿易の社内に弾んだ声で報告があった。

その報告に事務所が久しぶりに沸く。

「おおー、やっとか！」

「これで一息つけますね」

東欧の老舗《しにせ》食器メーカーとの日本での独占販売契約に着手したのは一年前だ。

なかなか条件が折り合わず――最初に話を聞いてもらうことさえ困難だった――何度も折衝を繰り返して何とか契約を交わすことができたのだ。

折衝に主に当たっていたのは眞幸で、トラブルが続くので、正直、心が何度も折れそうになった。

「桐原さんよかったですね」

営業職のあの女子社員が笑顔で眞幸に声をかけてくる。

「ありがとうございます。これで、今週は久しぶりに残業なしで帰れそうです」

残業になっていたのはそれだけが理由ではないが、現地と連絡を取り合う関係で遅くなることが多かったので、今週だけは楽ができそうだ。

「今週って、もう今日、木曜日ですよ」

笑って言う彼女に、

「貴重な残業なしの週末になりそうです」

眞幸も笑って返した時、眞幸の携帯電話がメッセージの着信を告げた。

確認してみると、成彰からで、

『急で悪いが、今夜、時間が取れないか』

というものだった。

いつも誘ってくれる時は、遅くとも三日前には連絡があったので、何かあったんだろうかと思いつつ、電話をした方がいいのかなと思い、部署を出て電話をかけた。

電話はすぐにつながり、

「先輩、桐原です。今、メッセージ見ましたけれど、電話、大丈夫ですか？」

とりあえず話しても大丈夫かどうか、確認する。

『ああ、大丈夫だ。わざわざ電話までもらって悪いな』

成彰の声はいつもと同じで、ネガティブな事柄から派生する――たとえば訃報《ふほう》だとか――ものでの時間を取れ、というメッセージではないだろうと察する。

「いえ。何か、あったんですか？」

『二十八期生で新しくバーを開店する奴がいるんだが、そのオープン記念のパーティーをすっかり忘れてたんだ。ちょっと顔を出す程度なんだが、眞幸も一緒の方が喜ぶ連中が多いから、眞幸の時間が取れたら、と思って』

告げられた内容に、眞幸はほっとする。

「大丈夫です。今日は久しぶりに残業せずに帰れそうなので……」

『じゃあ、バーに行く前に、軽く食事をしよう。会社へ迎えに行く』

短く待ち合わせの時間を決めて電話を終える。

——なんか、今日はいいこと連続だな……。

契約もまとまったし、成彰とあまり日を置かずに会えるのも、珍しいことだ。

「仕事、頑張ろ」

退社後、成彰と会うのを楽しみに、眞幸は仕事に戻った。


成彰と食事をして、ＯＢがオープンしたバーに行くと、そこにはＯＢがたくさん来ていた。

「牧野、やっと登場か」

店に入ると、バーのオーナーである牧野の同期の沢口《さわぐち》がすぐに近づいてきた。

「真打《しんうち》の出番は最後だと決まってるだろう。もっとも、おまえが待ってたのは俺じゃなくて眞幸の方だろうがな」

成彰は笑って言いながら眞幸へと視線をやる。

「沢口先輩、オープン、おめでとうございます」

眞幸が言うと、沢口は嬉しそうな顔をする。

「ありがとう。来てくれて嬉しいよ」

成彰と親しくしている関係上、沢口とは何度も会っている。

「これで、五軒目ですね」

沢口は飲食店をすでに四軒、経営している。

若い世代向けの店が一軒、あとは三十代や四十代をターゲットにした店だ。

「覚えてくれてたんだ。本当はバー経営が一番やりたかったことでね。これまでのノウハウがどこまで生きるか分からないけど」

「とても素敵なお店だと思います」

「もう、その一言だけで今夜閉店になってもいいって気持ちになるよ」

沢口が大袈裟に喜んでみせる。

「じゃあ、眞幸を連れてきた俺の手腕をもっと褒め讃《たた》えろ」

成彰が言うのに、沢口は肩を竦める。

「ハイハイ、感謝感謝」

「相変わらず適当だな」

成彰は苦笑しながら、通りがかった店員のトレイからシャンパングラスを受け取り、眞幸に渡す。成彰と沢口も手にしたところで軽く三人で乾杯をしてから、挨拶回りに忙しい沢口から離れ、二人で店の奥にあるオードブルがいろいろと並べられたテーブルの一つの近くに落ち着いた。

「……有名な人がたくさん来てて、凄いですね」

パーティーに顔を出した客は栖芳のOBが多いが、そのOBつながりで、テレビや経済雑誌で顔をよく見かける評論家や、元政治家、企業家などもいた。

もちろん、栖芳のOBの中にもそれぞれの分野で名の通った人物が多くいる。

——そう考えたら、子供を栖芳へっていうのは、当然の選択ってとこあるよな……。

そんなことをぼんやりと思っていると、知らない男が近づいてきて、成彰に声をかけた。

「SG28の牧野さんですか？」

「ええ」

「私、双葉《ふたば》商会《しょうかい》の岡倉《おかくら》と申します」

名刺を差し出し、名乗る。それに成彰も応じて名刺を取り出し、名刺交換が始まった。

こういう場は新たなコネクションを築くのにも最適な場で、多くの人がこういった機会に足を運ぶのは、それを求めてということも多い。

眞幸はそっと目立たないように一歩下がって気配を消し、オードブルを物色する。

岡倉を皮切りに成彰に挨拶をしにいろんな相手がやって来た。

「先日の昼食会で」だの「新作発表会にお越しいただきまして」だのと話しているのが聞こえてくる。

眞幸はそういう場に行くことがないので、別世界だな、と呑気《のんき》に思っていたのだが、

「そちらの方は？」

ある一人の男が、不意に眞幸に話を振ってきた。

眞幸があまり目立つことをしたくない、というのはこれまでの付き合い上、成彰も充分知っているので、こういう場では成彰が眞幸の今後に役立つと思った相手だけを紹介してくれることがほとんどだ。

実際、成彰が紹介してくれた相手は今まで眞幸の仕事に進展をもたらしてくれた。武田などがその最たる例だ。

だが、こうして相手から眞幸を気にかけてくれた場合は、紹介をしなくてはならなくなる。

「ああ、栖芳学院の後輩で、桐原眞幸くんです」

成彰が紹介してくれるのに、眞幸も名刺を取り出し、相手に差し出しながら改めて名乗る。

「桐賀貿易の桐原と申します」

「小出商事《こいでしょうじ》の長野《ながの》です……。桐賀貿易の桐原さんとおっしゃると、桐原社長の御子息でいらっしゃいますか」

「はい」

短く答えながら、面倒な方向にならないといいな、と思っていると、長野の隣で、先に成彰と名刺を交換し終えていた男が、

「桐原社長の御子息というと……前の奥方の？」

何かいわくがあるような様子で聞いてきた。

その言葉に周囲にいた男たちの、眞幸を見る目が、好奇心を帯びたものになる。

桐原物産現社長が、前妻の死後半年で不倫相手と再婚した、というのは当時、業界ではちょっとしたスキャンダルだった。

ちょっとしたスキャンダルですんだのは、地方銀行頭取である朋加の実家が、コネクションを総動員してマスコミを抑えたからだ。

だが「ちょっとしたスキャンダル」なのは一般的な印象としてであり、業界内では今も有名なスキャンダルだ。

「確か、今は子会社に」

「桐賀貿易におります」

眞幸はその男にも名刺を取り出し、渡す。それに、男も名乗りながら眞幸に名刺を渡してくれたが、

「本来なら御曹司として表舞台で華々しくされているはずが……」

眞幸の立場を慮《おもんぱか》るようでありながら、好奇心を隠しもしない口調で言う。

それに、もう少しやり過ごそうと眞幸が思った時、

「うちの姫は大事に無菌室で育てているので、そういう生臭い話は控えてもらえるか」

成彰が笑って冗談めかしつつ、NGを出す。

その言葉に、長野が、

「生臭い、でよかったな。加齢臭と言われたら立ち直れないところだ」

そう言って、周囲の笑いを誘い、そのまま話は流れた。

少しすると成彰への挨拶ラッシュも終わり、二人の周囲が静かになる。

「さっきは、ありがとうございました」

眞幸は礼を言う。

「大丈夫か？」

「はい。……話題になって気分のいい話じゃないですけど、別に気にしてないので……」

「いや、俺が不愉快だからな」

成彰はそう言って笑う。

好奇の眼差しを向けられることは、これまでも何度もあった。

だが、成彰が一緒にいる時は必ず彼が防波堤のように眞幸を守ってくれた。けれど、そのたびに、心配にもなるのだ。

「先輩の立場が悪くなったりしませんか？」

「こういう場で、ああいう話を持ち出す相手とは、つながりたいと思わないからな」

成彰の返事は明快だ。

これ以上は心配しても、自分に何ができるわけでもないので、眞幸はもう一度「ありがとうございました」と礼を言う。

それに成彰が優しく微笑みを返してくれた時、

「牧野せんぱーい、こんばんはー」

声をかけてきたのは、眞幸の同学年の篠田《しのだ》だ。

「篠田も来てたのか」

「わりと最初の頃から来てたんですけど、歴代ＯＢのオーラがハンパなくて、端っこで小さくなってました」

「そりゃそうだ。俺だって一桁や十代の期生のところには行きたくないからな。あの辺り、妖怪の巣窟《そうくつ》だ」

成彰はそう言って、二十期以前のＯＢが集まっている一角にちらりと視線を投げる。

「妖怪って……」

　眞幸が苦笑すると、

「下手に視線を合わせると魂を吸い取られるから、眞幸は絶対に見るなよ」

　成彰はわざと真面目な顔を作って言う。

「牧野先輩と一緒だと妖怪に目を付けられる率が上がるんで、ちょっと眞幸を借りていってもいいですか？　同期、あっちで集まってるんで」

　篠田が言うのに、成彰は頷いた。

「ああ。丁重に扱えよ」

「分かってますって。相変わらず眞幸にだけは優しいんですから」

　そう言う篠田に、

「おまえにも優しくしてやっただろうが。長期休みのたびに連れ出してやって」

　成彰が返す。

　篠田も長期休暇には帰省しない組で、一緒に成彰にいろいろなところに連れていってもらった仲間だ。ちなみに、別荘でケンカをして野宿をしたうちの一人は篠田だ。

「眞幸を連れ出すためのダシにされたって、分かってますよー」

　篠田がにっこり笑って言うと、

「ああ、おまえはいいダシを出してくれてたよ」

成彰も笑って返し、罪のない二人のやり取りの昔との変わらなさに、眞幸は懐かしさを覚えて自然と笑みが浮かんだ。

「さ、妖怪に目を付けられないうちに行ってこい」

改めて成彰に送り出され、眞幸は篠田と一緒に同期や、在学時期が被っているOBたちのいる一角に向かった。

「眞幸、連れてきたぞー」

「お久しぶりです」

「元気にしてたか？」

集まっていた十人ほどの面々から次々に声がかけられる。

「お久しぶりです、元気にしてます。みんなも来てたんだね」

同級生たちも来ていたことを知らなかった眞幸が驚きながら問うと、

「同期だけでの集まりじゃないから、牧野先輩から連絡回るだろうし、大丈夫だろって思って」

篠田が返すと、

「実際大丈夫だったな。相変わらず、桐原は牧野先輩に可愛がられてる」

一学年上で寮長をしていた日野《ひの》が続けて言う。

「そうですね、よくしてもらってます」

「あの牧野さんと今でも親しいって、凄いぞ」

そう返されて、眞幸は首を傾げる。

「そうなんですか？」

「ああ」

「でも、篠田くんたちも……」

眞幸がそう言って篠田を見ると、篠田は、

「在学中は気にかけてもらってたけど、卒業してからは、あんまり？　眞幸から、よく牧野先輩の話聞くから、今でも会ってるんだーって思ってたけど」

そう言って、同意を得るように、同じように別荘に連れていってもらっていた高橋《たかはし》という同窓生に視線をやる。

「うん。まあ、俺の場合、仕事でちょっとつながった機会があって、それで気にかけてくれてるけど、プライベートでまでって感じじゃないな」

「そうなんだ……」

成彰は優しいので、気が向けば当時の面々に連絡を入れているような気がしていたので意外だったが、

「多分、僕の育ちっていうか家庭環境みたいなの、気にかけてくれてるんだと思います。保護者的な感じっていうか」

一番思い当たる理由を口にする。

何しろ、さっきもそれで気遣ってもらったばかりだ。しかし、

「いやいやいや」

「ないとは言わないけど、それだけじゃない」

日野と高橋から即座に突っ込みが入り、

「っていうか、昔っから眞幸は特別だったじゃん」

篠田が笑いながら言う。

「そう、だった？」

長期休暇のたびに遊びに連れていってもらったのは篠田たちも一緒だ。

在学中にはそれ以外に特別に成彰と会ったりしたことはないし、卒業してからは、家の事情で心配をしてくれたのだと思う。

「うわ……なんか、俺、牧野先輩が憐《あわ》れになってきたんだけど」

日野がわざと目頭を押さえる。

「いや、それは俺たちも悪い。俺たちも眞幸については特別感満載だったから、眞幸にとってはそれが普通になってるんだと思う」

「それ、分かります。眞幸先輩の前で絶対シモネタ言えない感じですよね！」

そう言ったのは一つ下の原田《はらだ》だ。

「学院のアイドルの前でシモネタとか一発アウトだぞ、おまえ」

「出禁だ、出禁」

　笑って全員が原田に突っ込む。

　その様子に眞幸は笑いながら、在学時代から成彰だけではなく同級生を含めた周囲からも大事にされているのは感じているが、それはみんなが優しいからだと思っていた。

「まあ、なんにしても、眞幸は今まで通り、牧野先輩と仲良くしとけ。ネーミングセンスはどうかと思うけど、いい人だから」

　日野の言葉に、

「ネーミングセンスはな……」

「まあ、酷いよな」

　篠田と高橋が頷く。

「あ…会社の名前？」

　眞幸が問うと、三人は頷いた。

「そう、ＳＧ28って名前」

「栖芳学院二十八期生を略してＳＧ28って、そのまますぎない？」

　篠田が言った時、

「俺の悪口はそこまでだ」

そう言って会話に乱入してきたのは、ＳＧ28の社長である川崎だった。

「川崎先輩！」

「眞幸ちゃーん、元気？　成彰の野郎にブロックされてなかなか会えないから、おじさん寂しくてね？」

川崎はわざと涙を拭うふりをして見せる。

川崎とも眞幸は在学中に知り合った。というか、成彰に紹介されたのだ。

ＯＢということで、やはりいろいろと世話をしてくれた。

明るく陽気なノリでいつも楽しげな川崎は、本人いわく「前世がイタリア人」らしく、それを初めて聞いた時、眞幸は思わず本気にしそうになったくらいだ。

とはいえ、礼儀はきちんとわきまえていて、かしこまった場ではきちんと振る舞える、オンとオフがはっきりとしている男だ。

もっとも成彰いわく『基本オフ』らしいが。

「俺と会った時と反応違いすぎやしませんか、先輩」

そう言うのは成彰と仕事でつながったという高橋だ。恐らくその時に、川崎とも顔を合わせたのだろう。

「仕方がないだろう。高橋、おまえ自分の顔でラプンツェルのヅラ被ったとこ想像してみろ？」

「先輩……俺にも想像力の限界ってものが」

「だろ？　対して眞幸ちゃんにラプンツェルのウイッグ…、ああ、想像しただけでキラキラのお花畑が見えてきた」

やたらと芝居がかった様子を見せる川崎に、

「おい、どうしてお前が来てる。接待はどうした」

そう声をかけたのは、成彰だ。

川崎が来たのに気付いて、近づいてきたらしい。

「沢口から、眞幸ちゃん来てるって連絡もらったから、移動中に立ち寄ったんだって。そしたらこいつら社名ディスってたから、なんとか言ってやってくれよ成彰」

川崎の言葉に、成彰は、

「おまえたち……よく言った。正直、阿弥陀籤《あみだ》で確率が低かったとはいえ、あれを候補に入れたことを、今でも俺は後悔してる」

しみじみ言う。

「はぁ？　おまえが出した候補も大概だっただろうが。全員のイニシャル適当に並べて記号的に読むとか」

川崎の反論に、

「野木《のぎ》が出した中二病フェニックス系の名前よりマシだ」

成彰が返し、小競り合いが続く。

それを収めたのは日野の、

「それ、全部ドングリの背くらべです、先輩」

という冷静な言葉で、みんな吹き出した。

結局、そのまま、ちょっとした同窓会のようになり――ＯＢが店を開くと大抵そうなるらしいが――パーティーの終わりまで眞幸は店にいた。

接待での移動中だったという川崎はあれから十分ほどで帰っていき、眞幸と近い期の面々は二次会に流れていった。

眞幸も誘われたが、楽しかったこともあってすでに少し飲みすぎた感があったので断り、成彰と一緒に帰ることにした。

一緒に、といっても、バーに来るという目的上飲むことになるのは分かっていたので、今夜はタクシーで来ていた。

当然、帰りもタクシーだ。

「配車手配しますか？」

携帯電話を取り出し、眞幸が問うと、成彰は、

「酔い覚ましに、少し歩かないか？」

と提案してきた。

「いいですね。僕も楽しくて少し飲みすぎました」

いろいろ話して、笑って、気がつけば結構飲んでいた気がする。

「同級生と会うのは久しぶりだったか？」

歩きながら、成彰が問う。

「そうですね……、あれだけ人数が揃って会うのは、久しぶりでした」

それぞれと単体でちょっと会ったりすることは、たまにある。

だが、ある程度の人数が揃って、となると滅多になかった。

「そういえば、みんなに、先輩に特別に可愛がられてるってからかわれました」

眞幸が言われたことを思い出しつつ言う。それに成彰は、

「それは当然だ。実際、特別だからな」

平然と返してくる。

成彰は普段から、そういうことをわりと普通に言ってくるので、

「ありがとうございます」

眞幸は笑って返した。

その眞幸に、成彰は不意に足を止めると、

「一応本気で言ってるんだがな」

真面目な顔で言った。

「え…？」

「眞幸にとっては、俺も、川崎も、沢口も『先輩』枠で同じなのかもしれないが、俺にとって眞幸は他の連中とはまったく違う」

「先輩……？」

「恋愛的な意味を含んでの、特別だ」

はっきりと言われて、眞幸は一瞬、意味をはかりかねた。

――恋愛的な、意味……。

誰が、誰を？

――今話してたのは、僕と先輩の話で……先輩が、僕を？

理解した途端、眞幸に襲ってきたのは、驚きと、戸惑いだ。

頭が真っ白になって、どう返していいか分からず、成彰を見たまま、ただ瞬きを繰り返す。

「そんな顔をされると分かってたから、まだ言うつもりはなかったんだが……眞幸が川崎や沢口たちと話しているのを見て、眞幸の中での俺の立ち位置が分からなかった。それに、俺もちょっと酔ってるからな……今はまだ時期じゃなかったと、後悔はしてる」

成彰は苦笑しながら言い、

「眞幸のことを好きだというのは事実だが、眞幸にその気がないのに無理を強いる気はない。会って食事をする今の関係で満足しているから、眞幸が嫌でなければ今まで通り、月に一、二度食事ができれば嬉しいんだが」

そう続けてきた。

いろいろと、思考回路がまだ弾けたままで、どんなことを言えばいいのか分からなかったが、これまで通りでいい、というところだけはかろうじて理解できたので、眞幸は頷く。

「こちらこそ、食事、いつも、ありがとうございます」

ひねり出した言葉は、微妙にカタコトみたいになった。

それに成彰はふっと笑うと、再び歩きだした。

数歩行くと、大きな通りに面した場所に出て、そこで成彰はタクシーを停める。

そして眞幸だけを乗せると自分は乗り込まず運転手に一万円札を渡し、眞幸のマンションの住所を告げて、

「眞幸、おやすみ」

そう言って送り出す。

「え、あ…はい、おやすみなさい」

眞幸が返すと、後部座席のドアが閉められ、タクシーが動きだした。

そこで眞幸は慌《あわ》てて振り返り、リアウィンドウ越しに成彰を見ると、成彰は眞幸の乗ったタクシーをじっと見ていた。

『恋愛的な意味を含んでの、特別だ』

成彰の声が、まるで、今また言われたかのように、頭の中で再生されて、眞幸は急いで視線

を前に戻した。

――先輩が、僕のことを、好き？

突然与えられた事実をどう受け止めていいか分からず、マンションに帰り着いてからも眞幸はしばらくの間、茫然《ぼうぜん》としていたのだった。

3

成彰の思いがけない告白から十日。

これまで成彰のことを「優しい、いい先輩」としか思っていなかった分、眞幸の戸惑いは大きく、携帯電話に成彰からのメッセージが入るたびに落ち着かない気持ちになった。

しかし、どのメッセージもこれまでと変わりなく、そういった想いをまったく匂《にお》わせない内容のもので、頻度が上がったということもない。

それに安堵《あんど》しながら、あの夜、成彰はさほど酔っていないように見えたが、そう思っただけで、実は結構酔っていて、話したことを忘れてしまっているのかもしれない、とも思う。

――っていうか、僕が酔っ払って夢でも見ちゃったとか？

その可能性もないわけではないだろうが、仮に自分が見た夢だとしたら、それはそれで、ただ後輩に優しくしてくれているだけの成彰に、そんな夢を見てしまって申し訳ない気持ちになる。

――ま、いいや……。

考えたらそのまま無限ループにはまりそうで、眞幸は一旦思考を閉じて、仕事に専念する。

契約が調《ととの》った東欧の食器メーカーから、最初の商品が届いたのは一昨日。

検索したところ、無事税関を通過して、今、倉庫に運ばれている状況だ。

――すぐに検品してもらって、店舗に配送して……。

業績がいいとは決していえない会社だが、今回の商品には自信がある。実際独占契約を結んだ後、営業をかけた結果、これまでにないくらいの数を置かせてほしいと引き合いがあった。

――不採算だった部門はクロージングしたし、セールでの売り上げが良かったから、大きな穴にはなってない。今回のが順調に進んでくれたら、一息つける……。

久しぶりに明るい見通しが立って、眞幸はほっとする。

このままいい方向に向かってくれれば、四半期ごとに行われる今期の締めには間に合わないかもしれないが、来期はいい結果が出るだろう。

もちろん、どう転ぶかは分からない。

だが、社員全体が明るい希望を抱いていた。

その矢先のことだった。

真夜中、眞幸の携帯電話が着信を告げ、眠ろうとしているところだった眞幸は、非常識といっていい時間の着信を訝しみながら、画面を見る。

そこには貝原《かいはら》と、副社長の名前が表示されていた。

こんな時間に連絡をしてくるような人ではなく、これまでもそんなことはなかった。

「はい、桐原です」

眞幸が慌てて電話に出ると、

『こんな時間にすまない。さっき、園田《そのだ》社長の御家族から電話があって、社長が亡くなられたと……』

貝原が告げた言葉に、眞幸は驚く。

「え……？　亡くなった？　え？　どうして……」

今日も出社してきていたし、普通に話していた。

――事故？

推測した時、

『詳しいことは分からないんだが、二時間ほど前に自宅で倒れてるところを、外出されてた奥さんが帰ってきて見つけたらしい、と娘さんが』

貝原が現在分かっていることだけを伝えてきた。

まだ社長と家族は病院にいるらしく、貝原はとりあえず行ってくる、と言って電話を切った。

眞幸も行った方がいいのかと聞いたのだが、行ってもすることはなく、貝原が行くのも状況確認のためだけだからと言われ、そのまま家で待つことになった。

もちろん、この後の連絡はメールで行うので寝ていいと言われたが、眠気は完全に飛んでしまい、なかなか寝付くことはできなかった。

それでも、知らぬ間にうとうとしていたらしく、目ざまし時計のアラームで眞幸は目を覚ました。

携帯電話を確認すると、貝原から何通かメールが来ていた。

社長は心筋梗塞《しんきんこうそく》だったらしい。

——そういえば、最近、階段を上ると息が切れるって……。

病院に行かなくて大丈夫ですか、と、軽く言ったのを思い出す。

だが、恰幅《かっぷく》の良い人で、健康診断でもメタボリック症候群を指摘されていたので、そのせいだろうと笑っていた。

あの時に、もっと強く病院に行くように言えばよかった、と眞幸は後悔する。

しかし、ゆっくりと悔やむ間はなかった。

葬儀は——家族の希望で社葬ではなかったが、社員総出で慌ただしく行われ、落ち着く間もなく、副社長の貝原が社長代行として就任した。

それから間もなく、貝原が親会社である桐原物産に呼ばれ、社に戻った時には憔悴《しょうすい》しきった様子だった。

何があったんだろうと誰もが気にしている中、眞幸は商談室に呼ばれた。

「すまないね、ああ、座って」

貝原は眞幸にイスを勧める。それに、失礼します、と腰を下ろす。

少しの間、会話はなかった。

貝原はどう切り出すか考えている様子で、眞幸は急かすことなく、貝原が口を開くのを待った。

ややしてから、貝原はゆっくりと口を開いた。

「本社に呼ばれて、今後の、経営方針についての通達があったんだ」

「新体制について、ですか?」

貝原が社長代行の座についているが、あと三年ほどで定年を迎える。

貝原が定年を迎えるまでは、このまま貝原を社長としていくのか、それとも他の誰かを社長として迎えるのか、そういう話かと思ったのだが、

「新体制についてと言えなくもないが……、本社はこれを機に事業の縮小を進めてほしいと、そう言ってきた」

告げられた言葉に、眞幸は目を見開く。

「事業の縮小……ですか」

素晴らしい業績を収めているとは言いがたい会社ではあるが、それでも、武田が効率よく業務が回るようにシステムを整えてくれ、それに、入荷したばかりの東欧の食器も、売れ行きは好調だ。

「四半期の概算ですが、業績は上向いてきています。縮小しなくても、充分利益を上げていけます。むしろ縮小してしまうことで、利益も下がる可能性が……」

眞幸の言葉に、貝原は重い息を吐いた。

「私も、そう説明したんだが……とにかく、縮小を、と」

桐原物産の百パーセント出資でできた会社だ。決定には逆らえない。

「縮小する部門などは、もう？」

縮小するとはつまり、リストラが行われるということだ。

本社である程度の目処《めど》をつけているのかもしれない。

眞幸がそう思った時、

「いや、それは…うちに任せると。それで…リストラを含めた指揮は、桐原くんに執ってほしいと」

貝原は言いづらそうに返した。

「僕が……？　そんな、無理です！　僕はただの社員で…そんな立場にありません！」

部長や専務といった肩書きの社員がちゃんといる。

それに対し、眞幸は特に肩書きのない社員なのだ。

「分かっているが…」

「無理です。僕には、できません」

「桐原くんの気持ちはよく分かる。だが……本社の社長の息子ということで、君なら誰もが納得するんだ。他の社員なら、君以上に遺恨《いこん》が残る」

ああ、と眞幸は胸の内で嘆息する。

桐原物産の御曹司。

そんな恩恵になど与《あずか》ったことはほとんどないのに、こんな時だけその名ばかりの肩書きが重くのしかかる。

貝原も、眞幸が「御曹司」としては冷遇されていることを充分知っている。

給料も、一般社員と同じ。

身の回りの品も、特にブランド品というわけではない。

至って地味なものだ。

だからこそ、貝原もこれ以上強くは言えないのだろうということが窺《うかが》えた。

そして、そんな貝原の気持ちが分かるからこそ、眞幸も「嫌だ」と押し通すことはできなかった。

「……分かりました。お引き受けします」

眞幸の返事に、

「本当に、すまない」

貝原は謝った。安堵よりも、後味の悪さが滲《にじ》む表情だった。

「ただ、どの部門を縮小するのかについては、相談をさせて下さい」

「ああ、もちろんだ」

「みんなへの説明はいつ？」

「月末、と思っている……」

「では、それまでに相談の時間を取って下さい。日時はお任せします」

「分かった。……本当に、すまない」

再び謝る貝原に、眞幸は頭を横に振った。

「いえ……、誰かが、やらないといけないことですから」

そう、誰かがやらなければならないこと。

でも、眞幸がやらなければならないわけでもない。

それでも、自分の名ばかりの「御曹司」という肩書きが逃げを許さないだけだ。

「お話は、以上でしょうか？」

「ああ」

「では、失礼します」

眞幸は立ち上がり、仕事に戻る。

社員は出払っていて、事務所に他に人はいなかった。

そのことにほっとしながら、眞幸は自分の机に向かう。

——リストラ、か……。

その言葉が頭の中を何度も行き来して、なかなか仕事に集中できなかった。

貝原と、専務の中田《なかた》との相談の結果、縮小——正確にいえば閉鎖だが——する部門が決まった。

それは成績から見ても妥当だと思えた。

問題は、閉鎖に伴うリストラだ。

「どうしようかな……」

数日後、眞幸はマンションで、会社では大っぴらに見ることができないリストラのための社員の資料を広げていた。

誰を残し、誰に去ってもらうのか、それを決めるのが難しい。

残ってもらう人間の顔はすぐに浮かぶ。

だが、去ってもらうとなると、そう簡単には決められず、資料とずっとにらめっこをしながら悩んでいる。

そして、何度目かのため息をついた時、携帯電話がメッセージの着信を告げた。

誰からのメッセージか、手に取り確認してみると、表示されたのは成彰からのものだった。

正直、まだ成彰のメッセージを受け取るだけでも、あの告白――もしかしたら夢かもと疑うくらいに、成彰から送られてくる内容は変わらないが――を思い出して、ドキッとしてしまう。

だが、確認してみると、今日もこれまでと変わりのない文面で、社長が亡くなっていろいろ忙しいだろうが、明日、気分転換に食事でもどうか、という誘いだった。

メッセージを受け取るだけでドキドキしているような中で「会う」ということにためらいはあったが、会社でも、家でも、悶々《もんもん》とリストラについて考えてしまう状況が続いていて、気分転換したい気持ちはあった。

まだ、社員にも発表していないので、成彰に相談することはできないだろうが、成彰に会って、関係のない話でもすれば、少し安心できるような気がした。

『ありがとうございます。丁度、気分転換がしたいと思っていました』

そう返信すると、少ししてから、待ち合わせの場所と時間を問うメッセージが来て、提示されていた場所も時間も問題がなかったので眞幸は「何を食べさせてもらえるのか、楽しみです」と返信した。

そして翌日、待ち合わせ場所――眞幸の会社の最寄り駅から二つ先の、普段あまり降りることのない駅前だ――に、時間より少し早めに眞幸は到着した。

外はもうそれなりの時間だというのにまだまだ明るくて、夏に近づいているのを感じる。

――先輩、車で来るのかな……。

そう思って待っていると、意外にも成彰は徒歩でやって来た。

遠目からでも、成彰は目立つからすぐに分かる。

奇抜な格好をしているわけではなく、周囲にいる他のサラリーマンと同じくスーツ姿なのだが、圧倒的に存在感が違う。

そして、成彰の姿を確認した途端、眞幸の心臓が少し早くなった。

――落ち着け、落ち着け……。

眞幸は自分に言い聞かせて、もう少し距離が近づいてから、軽く手を振った。

それに成彰がふっと笑うのが分かり、少し、歩く速度を上げて近づいてきた。

「すまない、待たせたな」

「いえ、僕が早く着いただけです」

心臓はまだ早くて、声が変じゃなかっただろうかとか、妙なことが気になった。

だが、成彰は特に何かを気にした様子もなく、

「そこのホテルなんだ」

そう言って、駅のほど近くにあるホテルを指差した。

「あ、だから駅で待ち合わせだったんですね」

「そういうことだ。直接ホテルに来てもらって、ロビーで待ち合わせてもよかったんだが、

さっきまでSGの他の連中が一緒だったからな。眞幸と会わせたら、食事に乱入してくる可能性があるから、ここで待ってもらった」

「もう、みなさん、お帰りになったんですか？」

「ああ。ちゃんと見届けてきた」

どこか人の悪い笑みをわざと浮かべて言ってから、成彰は『行こうか』と眞幸を促した。

ホテルの正面玄関から入り、成彰は慣れた様子でエレベーターに向かう。

「きょうは和食にしたんだが、かまわなかったか？」

「はい。楽しみです。天麩羅《てんぷら》あるかな……」

「コースに入っていたと思うが、なければ単品で取ればいい」

「先輩なら、そう言ってくれると思ってました」

「まったく……」

わざと、呆れた、といった様子の声音で返してきた成彰だが、笑っていて、本気でないのは分かる。

そして、普通に話ができていることに、眞幸は密かにほっとしていた。

最上階にある割烹《かっぽう》レストランで通されたのは、個室だった。

女将が挨拶に来て、コース料理——ちゃんと天麩羅も含まれていた——の確認があり、それが終わるとほどなく先付けの小鉢が運ばれてきた。

「おいしそう」

レモンの皮を器に使った甘子《あまご》の南蛮漬けを見て、思わず、といった様子で眞幸が呟くと、

「その様子だけで連れてきた甲斐がある」

成彰は笑って言いながら、食べ始める。

最初のうち、話題は特になかったというか、いつものように他愛のないものばかりだった。

そして料理が進み、向こう付けが出た後、

「そういえば、代官山《だいかんやま》のセレクトショップで東欧の食器を見たが、桐賀がメーカーと独占契約を結んだんだな」

不意に成彰が言った。

「はい。同期の澄田《すみだ》くんが、ポーランドに赴任してるんですけど、半年くらい前に帰国した時にお土産にって小皿をくれて。そのデザインが気に入って、調べてみたら日本ではまだ紹介されてないブランドだったので、取り扱いをさせてほしいとずっと交渉してたんです」

眞幸が経緯を説明すると、成彰は頷いた。

「眞幸の見立てか。いいセンスをしてる。売れるだろうな」

「僕というより、澄田くんのセンスがいいんです。あ、澄田くんに今度、お礼しないと……」

「義理堅いな、眞幸は。……順調に進んでいたところでの社長の急死は、大変だったんじゃないか？　心臓だと聞いたが」

問われ、眞幸は頷く。

「心筋梗塞で……。少し前に、最近階段を上がると息が切れるとおっしゃってたんです。病院に行かなくて大丈夫ですかって聞いたら、検診でメタボの指摘をされてるから、太りすぎだろうって笑ってらして……。もう少し、強く言うべきでした」

自分を責める眞幸の言葉に、

「社長のあの体型なら仕方ない。一年ほど前までは煙草もかなりだっただろう？　武田が、近づくだけで煙草の匂いがするって言っていたからな。俺は眞幸が副流煙の被害にあってないか、心配してた」

成彰が、眞幸の身を心配して言う。

「一応、会社では所定の場所でしか吸わなかったから……」

「どっちにしろ、血管のダメージは蓄積してただろう。貝原副社長がしばらく代行を続けるのか？」

「そうですね……。会社の内部編成の変更をして、それが落ち着いたら新社長を据えて新体制でってことになると思います」

眞幸の説明に、成彰は眉根を寄せた。

「内部編成の変更？　つまり、リストラか」

言葉を選んでぼやかしたつもりだが、成彰には簡単に見抜かれた。

「そうです。……本社から通達があって…、僕がその業務に」

言ってから、いらない情報を付け足した、と思ったが、隠しても、いずればれる。

成彰には昔から、隠し事が通用しなかった。

些細な言動からでも、何か悩んでいることがあれば、見抜かれてしまっていた。

「眞幸が？　なぜ。そんなことは、人事の仕事だろう」

「人事といっても、正社員に関しては社長や副社長、あとは専務とか…上の人が決めていたので。パートやアルバイトの方に関しては、各部門がそれぞれ采配するっていう感じで、人事部門って特になかったんです」

中小企業ではよくあることだ。

「それなら、副社長や専務、各部門の責任者の仕事だろう。眞幸がやる仕事じゃない」

成彰は納得がいかない様子だった。

「僕は、桐原物産の身内なので……僕がやるのが適任だと」

そう言われたとも、自分で決めたとも言わなかった。

だが、承諾したのは、自分だ。それは自分で決めた、ということになるだろう。

「こんな時だけ、御曹司扱いか」

成彰はため息をついた後、

「いらぬ恨みを買う立場だぞ。それに、人を切ったら、自分も居づらくなる。それでやめる者も多い」

　眞幸を心配して、続けた。

「……ある程度、覚悟はしてます」

　自分がやめなくてはならなくなることも、視野に入れている。

　辞表を出した自分を、本社が引きあげてくれる、という可能性は低いことも。

「そうなったら、転職しようかと思ってます。一応、資格はいろいろ取ってあるので……。甘いかもしれませんが」

　眞幸の言葉に、

「そこまでの覚悟があるなら、リストラ業務が終わったら、うちの会社に来るといい。うちでそれ相応のポストを準備しよう」

　成彰は真面目な顔で言った。

「先輩」

　急な言葉に、眞幸は、この前の告白のことも併せて考えてしまい、戸惑った。

　その心中を見通したように、

「以前から話を聞いていて、今の会社で眞幸の能力に見合う仕事をさせてもらえているとは思っていなかった。正直、宝の持ち腐れだとな。だから、いつ引き抜こうかと狙っていたんだ。会社に居づらくなるようなら、いつでも言ってくれ」

成彰は続ける。

その言葉に、妙な邪推をしたのが申し訳なくなるのと同時に、自分のことをちゃんと考えていてくれるのが嬉しかった。

「ありがとうございます。……この先、いろいろあると思いますけど、行き先があるって分かってたら、頑張れると思います」

眞幸の返事に、成彰は口元だけで笑い、

「何かあったら、いつでも、何時でもかまわない。すぐに連絡をしてこい。できる限りの対応はする」

心配して、そう言ってくれる。

それに頷きながら、自分が仮に会社をやめることになっても、こうやって声をかけてくれる人がいるが、これから自分がリストラを行う従業員の中には、そううまくいかない者も多いだろうと思う。

——会社都合だから、すぐに失業手当は下りるだろうけど……。

それでも家計を支えている存在ならば、職を失うということは大きな打撃で、不安しかないだろう。

それぞれの生活がある。

何事もなければ定年まで、回るはずだった車輪を、眞幸が断ち切ることになるのだ。

　そのことに対する責任を、自分がどこまで負わなければならないのだろうかと、眞幸の中に不安と疑問が湧《わ》き起こる。

「眞幸、何を考えてる？」

　問う成彰の言葉に、眞幸は少し考えて、

「……こう、いろいろ思うことがあって…、今はちょっとうまく言葉にならないんですけど、とりあえず、責任が重いなっていう感じです」

　ぼやかして、返す。

「断片的でもいいから、話せる時が来たら、いつでも聞こう」

　成彰はただそう言って、皿の上に残っていた刺身を口に運んだ。

　それに、眞幸も置いていた箸《はし》を取り、残っていた料理を再び食べ始めた。

◇◆◇

　食事の後、成彰に車で送ってもらい、マンションに戻ってくると、エントランスに一史がいた。

「一くん、来てたの？」

「来てたの？　じゃないよ。今まで残業？」

　待たされたからか、一史は怒っている様子だった。

「ううん、違うよ。今日は、牧野先輩に誘われて食事をしてたんだ。連絡してくれればよかったのに。あれ、もしかして、僕が気づいてなかった……？」

　着信音はしなかったが、時々、知らぬ間にメッセージが来ていることがあるので、もしかしたらと思って、慌てて確認しようとしたが、

「連絡はしてない。兄ちゃんが遅くなる理由なんか仕事しかないんだし、アポなしで来てんのに、仕事してる兄ちゃんに早く戻れとかせっつく気もなかったから」

　一史はそう言った後、

「……マキノさんと一緒だったなら、いいっていうか、仕方ない」

　妙に何か納得した様子で言う。

「ごめんね。今まで待っててくれたってことは、何か用事だったんだよね？　あ、ご飯は？　食べてないんじゃない？」

　もう九時過ぎだ。

　もしかしたら眞幸が戻るまで何も食べずに待っていたのかもしれないと焦る。

「コンビニでパンとか買って食べたから……。それよか、本当なのかよ？　兄ちゃんがリスト

ラ任されたって話！」

トーンダウンしていた一史は、ここに来た用件を思い出したらしく、いきなりヒートアップした。

「もう、一くんが知ってるんだ……」

まだ、社員には知らせていないのにな、と思う。

「なんで兄ちゃんが……！」

そのまま騒ぎだしそうな一史の様子に、

「とりあえず、部屋行こうか。一緒に、お茶でも飲も？」

眞幸は軽く背中を叩《たた》いて促す。

一史は唇《くちびる》を尖《とが》らせたが、素直についてきた。

しかし、話を聞いてから――いつリストラの件を知ったのかは分からないが――鬱憤《うっぷん》を溜め込んでいたのだろう。

眞幸の部屋に入るなり、

「兄ちゃん、ただの事務職だろ？　ただの事務職ってのも正直、俺、兄ちゃんを馬鹿にしてるって思ってるけど、そんな兄ちゃんがリストラ任されるなんて、フツーじゃないじゃん」

我慢ができなくなったらしく、口を開いた。

「それはそうだけど、でも、桐原の身内だからね」

自分でも納得して引き受けたわけではなかったが、説得理由として挙げられた言葉を言ってみる。

だが、その言葉を、一史は鼻で笑った。

「なーにが『身内』だよ。長男の御曹司を子会社に追いやっといて、こんな時だけ『本社社長の息子だから』とか、ヘドが出るっつーの」

「一くん」

ヒートアップする一史を窘めるように名前を呼んだが、

「絶対、あのババアの差し金に決まってる。あのババアなら、そういうこと平気でやりそうだもんな」

吐き捨てるように言う一史は、止まりそうもなかった。

とはいえ、放っておけば、どこにぶつけていいか分からない怒りで、罵詈雑言《ばりぞうごん》を吐き続けるだろう。

自分のために憤ってくれているというそのこと自体は嬉しいが、あまり、一史が口汚く誰かのことを罵《ののし》るのは聞きたくなかった。

「一くん、落ち着いて。朋加さんの差し金なんてこと言いだしたら、実は社長の死も本当は心筋梗塞じゃなくて仕組まれたものだった、なんてとこまで疑わないといけなくなるよ」

笑いながら、眞幸は言う。

「あのババアならやりかねねえだろ」

「さすがにそれはないんじゃない？　もう僕は桐原じゃ御曹司でもなんでもない扱いなんだから、朋加さんがそこまでして僕を追い落とそうとしなくても大丈夫なはずだよ。そりゃ、これが二時間サスペンスドラマとかなら、あり得なくもない展開だけど」

眞幸が言うのに、一史は納得がいかないという様子の顔で大きく息を吐いた。そして、

「兄ちゃんは、人が良すぎる。だからつけ込まれんだよ」

いらだちを、今度は眞幸にぶつけてくる。

だが、それもすべて眞幸を思ってくれてのことだ。

同じ家で育ったといっても、一緒にいる時間は普通の兄弟よりも格段に少なかった。

それでも、こんなふうに自分のことを考えて、憤ってくれる。

そのことを、嬉しいと思う。

「確かに、一くんの言う通りかもしれない。……でも、もう、決めたから」

眞幸は穏やかな顔と声で、一史に告げた。

そう、決めたのは自分だ。

嫌だと突っぱねることもできたけれど、結局、最終的に引き受けると決めたのだ。

「簡単な仕事じゃないことも分かってる。でも、頑張るから……一くんは、ツルの一声でヘッドハンティングできるくらいに早く出世して？」

眞幸が笑いながら言うと、

「……まだ、就職もしてないのに、言う？」

一史はまだまだ納得したわけじゃない、という様子を見せながらも、少し態度を軟化させた。

「一くんなら、すぐだって信じてるから」

「……マジ、さっさと出世して、親父と何かと口出ししてるあのババア、追放してやる」

そう言った一史に、眞幸は「楽しみにしてる」と返し、飲む約束をしていたお茶を、ようやく準備し始めた。

4

社員たちに事業縮小と、それに伴うリストラの件が発表されると、それまで眞幸といい関係を築いていた社員やパートタイム従業員との間に、溝ができたのを感じた。

「本田《ほんだ》さんには、大変申し訳ないのですが、所属されている部門の閉鎖に伴い、来月末付けで退職となります」

リストラ対象となるのは、勤務態度に問題のある従業員が中心だ。

欠席や遅刻、その他、過去に起きたトラブルの内容を精査した。

だが、大半の従業員は『はい、そうですか』というわけにもいかず、

「来月末って……！　困るよ！　俺にも生活があるし、家族がいるんだ！」

眞幸に戸惑いと怒りをぶつけてくる。

「申し訳ありません。……ただ、会社都合での退職となりますので、申請していただければすぐに失業保険が下りますし、退職金に関しても多少の上乗せを、と」

眞幸にできるのは謝罪と説明くらいのものだ。

納得ができないと言われても、とにかく、理解してもらうしかない。

もちろん、閉じられる部門に所属している従業員がすべて解雇されるわけではない。能力の

高い従業員は他部署に異動してもらうことになっている。

だが、異動先でも人が充分にいるので、今度はその異動先の人員削減のためにその部署の問題がある従業員を切らねばならない。

自分の所属部署は閉まらないから安泰だと思っていた従業員の反発は、閉まる部門所属の従業員よりも強い。

激昂《げっこう》して、イスをなぎ倒す勢いで立ち上がり怒りを露《あら》わにする者もいれば、出していたお茶を眞幸にぶちまけた者もいる。

毎日、面談のたびに今日は何が起きるかと神経をすり減らしながら、表面上は淡々と物事を進める。

そんな眞幸の様子を、なんだかんだいったところで、本社社長の息子だから安泰なのだろうと噂しているのも知っている。

むしろ、わざと聞こえるように言っているのだ。

——安泰、なんてそんなわけない……。

そうは思っても、そんな心情を吐露《とろ》したところで、ポーズにしか見えないだろうし、何より自分がみじめになるだけだ。

今は、命じられたことをこなすだけだ。

本気でそう思っているわけではない。ただそう自分に言い聞かせなければ、簡単に心が折れてしまいそうだった。

気がつけば、あっという間に一カ月が過ぎて、梅雨に入っていた。雨が続くと、ただでさえ落ち込みがちな気分に拍車がかかる。成彰から久しぶりに会わないかと食事に誘われたのは、そんな時だった。

二週間ほど前にも一度誘われたのだが、どうしても時間の都合がつかなくて断っていた。今回はその頃よりも少し気持ち的にも落ち着いた――というよりも、感覚がマヒして、慣れたのかもしれないが――し、時間が取れそうだったので、誘いを受けた。

会社近くまで車で迎えに来てくれた成彰は、眞幸が車に乗り込むとすぐに、

「武田から話には聞いていたが、やつれたな……」

心配そうに言った。

だが、眞幸は『武田』の名前にぎょっとした。

「武田さん、なんて……?」

武田がシステムメンテナンスの定期訪問で会社に来てくれたのは十日ほど前だ。

その時も眞幸はリストラのために面談を行っていて、激昂したリストラ対象の従業員に、お茶をかけられたのだ。

麦茶だったのが幸いだったが、そのまま掴みかかられて騒ぎになり――すぐに外にいた他の従業員が気付いて割って入ってくれたのだが、キレた従業員が部屋から引きずり出された後、

少ししてから廊下に出ると、そこに武田がいたのだ。

驚いている武田に、

『牧野先輩には、言わないで下さい』

咄嗟に、そう口止めした。武田は、頷きながらも、

『全部は、話さないってことでいい？　詳しい内容は言わないけど、大変そうだったってくらいのことは言わないと……心配してたから』

そう言った。

どこまで話すかは武田に任せたが、どんなふうにオブラートに包んで伝え、そして成彰がどの程度その言葉を信じたのかは分からなかった。

「気苦労が多くて大変そうだ、と。あと、やつれ感が未亡人の風情だとも言っていたが」

武田らしいおどけた例えようにほっとしつつも、

「未亡人、ですか……。未婚の男子なのに」

とりあえず、眞幸は苦笑しつつ返す。

「まあ、今の眞幸を見て、言い得て妙だと思ったがな。どっちにしろ、しばらくの放浪で毛艶を悪くして戻ってきた猫みたいだ」

「今度は半野良扱い……」

「いやいや、蝶《ちょう》よ花よと愛でて育てた箱入り猫が、好奇心に負けて外に出た末のことだぞ？」

成彰の言葉に、

「未亡人の方が人間だった分、マシなような、そうでもないような……複雑な気持ちです」

眞幸が返すと、成彰は、

「それだけ言葉を返せるなら、思っていた最悪の状態にまではなってない様子だな」

どこか安心した様子で言い、車を出した。

成彰が連れていってくれたのは、都内の外れにある、そこが店だと知らなければ普通の民家だと思って行き過ぎてしまいそうな店だった。

カウンター席とテーブル席、そして奥に個室があり、通されたのは個室だ。

薬膳料理を出す店のようで、メニューには体に良さそうなものが並んでいたが、どれを選べばいいのか考えあぐねていると、水とおしぼりを持って店員がやってきた。

「消化がよくて、滋養にいいメニューはあるかな」

その店員に成彰が聞いた。眞幸が選べないのを感じてのことだろう。

「そうですね、こちらの骨付き鶏に高麗人参《こうらいにんじん》と生姜《しょうが》を使ったお粥《かゆ》や、こちらの鶏肉と干し棗《なつめ》、当帰《とうき》のスープなどいかがですか」

店員がメニューを指差し、教えてくれる。

「どっちもおいしそう」

「なら、両方頼めばいい」

簡単に成彰は言うが、

「食べきれません、きっと」

眞幸は笑って返した。しかし、

「残ったら、俺が食べてやるから、心配するな」

成彰がそう言ってくれたこともあって、結局両方を注文し、成彰は豚の骨付き肉を使った鍋セットを注文した。

オーダーの復唱を終えて店員が部屋を後にすると、

「先輩は、このお店、よく来るんですか？」

眞幸は聞いた。

「いや、まだ、二度目だ。眞幸が疲れていそうだから、体に良さそうな料理を出すところで個室のあるところ、と思って店を探したんだが、ここしか思いつかなかった。だから、眞幸に何を勧めればいいかまではな」

成彰の言葉に眞幸は少し首を傾げる。

「どうして、個室のあるところ、なんですか？」

最近は個室や半個室のようなところが続いていたが、別に普通のテーブル席やカウンターで、ということも珍しくない。

それなのにどうして個室のある店をと思ったのか分からなかったのだが、

「疲れてる時は、隣の席のちょっとした声や気配でも気に障ることがあるだろう？　それにこっちも『見られてる』意識が働いて、気があまり休まらないからな」

成彰はそう説明した。

「確かに、そうですね。いろいろ気遣ってもらって、ありがとうございます」

成彰はいつも、いろんなことを先回りして、眞幸に一番いいようにと考えてくれる。

――先輩みたいに気遣いができる大人になれたらな……。

年齢だけなら充分大人だが、まだまだ自分のことで手いっぱいで、とても自分が思っていたような「大人」にはなれていない。

「何もしてないぞ。……何かしてやれることがあった方が、よほど気が楽だ。もともと人事に携わってたならまだしも、眞幸は違うからな。キツいことばかりだろう？」

問う言葉に、眞幸は素直に頷いた。

「そうですね…、でも、ある程度は覚悟してましたから」

そう返しても心配そうな成彰に、

「そんなに心配しなくても、大丈夫です」

眞幸は「作っている」と悟られない程度に笑顔を見せる。

眞幸の様子に成彰は小さく息を吐くと、

「大丈夫だと言うのなら、信じないのは、眞幸を疑ってることになるな。……だが、本当に無理をするな」

眞幸の状態を見透かしたように言ってくる。そして、

「そっちが一段落して落ち着いたら、旅にでも行こう」

何気なく誘ってきた。

だが、その『旅』というキーワードに眞幸は戸惑う。

「旅…、ですか」

戸惑いの理由は、あの告白があるからだ。そして、眞幸のそんな反応は成彰の想定の内だったようで、

「下心は抜きでの話だ。部屋はちゃんと二部屋取るから安心するといい」

笑って言ってくる。それに眞幸が戸惑いを見抜かれたことに苦笑しながら、

「早く、ゆっくりとお休みが取れるように頑張ります」

控えめに返した時、注文した料理が運ばれてきた。

注文の時に、眞幸が残したら、という話をしていたのを聞いていた店員が、気を利かせて取り分けるための小皿と大きめのレンゲを持ってきてくれていた。

「薬膳料理って、もっと薬草っぽい匂いがするのかと思ってましたけど、凄くおいしい匂いがしますね」

目の前に置かれた粥を小皿によそいながら——絶対に食べきれないと思ったので、少しずつ

小皿に取り分けて食べていく方がいいと判断した——眞幸は言う。

「メニューによるのかもしれないが、そういえば、前に食べたものもそんな感じはなかったな」

「そうなんですね。……じゃあ、いただきます」

取り分け用の大きいレンゲを置き、手を会わせて、食べるための小ぶりのレンゲに持ち替えて粥を口に運ぶ。

鶏のダシがたっぷりと出た、濃厚だけれどもしつこさのない、優しい味が口の中に広がる。

「……おいしい…、凄くほっとする味…」

眞幸の言葉に成彰は優しく笑む。

その表情に、眞幸も微笑み返し、久しぶりに「安らげる」時間を過ごした。

◇◆◇

早く休みを取れるように、などと言ったものの、眞幸の仕事が終わるのは、多くの人間に痛みを味わわせた後だ。

「大変申し訳なく思っています」

今日も、呼び出したパートタイム従業員にリストラの宣告をした。

相手は、呼び出された時点である程度覚悟をしていた様子で、

「仕方ありません」

諦めたような顔をして、言った。

「本当に、すみません」

謝る眞幸に、従業員は頭を横に振り、

「いえ、桐原さんのせいじゃ……。桐原さんこそ、本来の業務じゃないのに、こんなつらい仕事を押しつけられて、大変です」

逆に眞幸を労《ねぎら》ってくれた。

この時に眞幸は、立場を理解して労われる方が、逆に胸が痛いということもあるんだなと思った。

声を荒げて罵声を浴びせかけられるのもつらいが、感じるのは「恐怖」だ。

だが、今感じているのは違う。

良心の呵責《かしゃく》とでもいうのだろうか、とにかく、まったく別物だ。

ズン、と胸の底に鉛を詰められたような気持ちになりながら、手続き書類の説明や、最後の出勤日についての確認などをして、面談を終える。

一日に面談を行う人数にはばらつきがある。眞幸の日常業務の関係もあるし、相手の都合もあるからだ。今日はあと一人いるが、相手が来るまで二時間ほどあった。

——今のうちに、下の倉庫に行って管理帳票の確認してこよう……。

日常業務で必要なデータの確認に行くために、階段を下りようとした時だった。

不意に後ろから押されたような衝撃があり、下りるために踏み出していた足が着地する場所を失う。

「……あっ！」

声を上げた時には、もう眞幸の体は落下していて、あり得ない角度で階段の段差や、壁に貼られたポスターが目に映る。

それは一瞬のことだっただろうに、まるでコマ送りのように思えて——しかし、右肩と頭に受けた衝撃を最後に、眞幸の意識は途切れた。


せわしなく人の行き来する気配と、規則正しい何かの機械音が聞こえた。

そのどちらも馴染みのないもので、眞幸はそのことを訝しく思いながら目を開ける。

「……え……」

だが、見えた光景に、眞幸は困惑した。

視界に入ったのは、白いカーテンだった。

眞幸の左右はそのカーテンで視界が遮《さえぎ》られ、足元の部分だけは開けられていた。そこから見えたのは、眞幸のいるところと同じように両脇をカーテンで仕切られ、足元だけが見えている向かい側のベッドだった。

それを見て、眞幸は自分もベッドに寝ていることに思い至る。

――ここ…病院……？　僕、どうしたんだろう……。

どうにも記憶がはっきりしなくて、ぼんやりしていると、医療器具がのった銀色のカートを押しながら看護師が様子を見にやって来た。

「あ、目が覚めましたねー」

少し間延びしたような口調で言いながら、彼女は眞幸の側に近づいてきた。

「桐原さん、ここ、どこか分かりますか？」

「病院、ですか？」

問いに答えると、彼女は頷いた。

「正解です。会社の階段から落ちられて、救急搬送されたんです。血圧測らせて下さいねー」

手早く機械をセットし、血圧を測っていく。

その間、眞幸は『階段から落ちた』時の記憶を辿《たど》る。

――今日は、面談があって……。

だが、面談の予定があったのは覚えているが、一時的に頭の回線が混乱したのか、面談内容もその後のことも思い出せなかった。

そうこうするうちに、血圧などを測り終えた看護師が医師を呼びに行き、ほどなく男性医師が姿を見せた。三十代半ばくらいだろう。

「桐原さん、気分はどうですか？」

「大丈夫です」

「吐き気やめまい、頭痛は？」

「……今、寝ている分には、ありません」

眞幸の答えに医師は頷くと、続けて聞いた。

「階段から落ちた時のことは覚えてる？」

「いえ…」

「処置の途中で一度気がついたのは？」

「それも、覚えてないです」

「血圧が急上昇して危なかったので、沈静処置を取りました。その間にいろんな検査と処置をすませたんだけど、CTでも今のところ脳に出血などの異常は見られないし、あと、右肩を脱《だっ》臼《きゅう》してたので整復し固定しました。ただ、頭を打っていると症状が後から出ることも考えられるので、今日は様子を見るために入院してもらうことになります」

「入院……」

大ごとになったなと思ったが、医師が勧めるならそうした方がいいのだろう。

「分かりました」

眞幸が承諾すると、医師は少し笑ってから、

「栖芳学院卒業だよね？」

急に聞いてきた。

「え……、はい、そうです、けど…」

どうしてそんなことを知っているのか、分からなかった。

救急搬送されてきた患者の情報など、そこまで分かるものではないだろう。

「俺、牧野の同期でね。今でも時々会うから、話は聞いてたし、名前と年齢で、もしかしたらと思ったんだ」

「ああ……」

なんとなく納得した。

「君のこと、牧野に連絡したいけど、かまわない？」

医師の言葉に、眞幸は眉根を寄せた。

「余計な心配をかけてしまうことになるので……」

やんわりと否を告げるが、

「後で君に起きたことを知った方が牧野は心配するし、何より、俺が担当してたって分かったら俺がめちゃくちゃ怒られるから連絡させてほしいんだけど」

医師は笑いながら言った。

医師が怒られる、というのは多分冗談だろうが、成彰の耳にいずれは入ってしまう話だろう。なら、今、連絡してもらった方がいいのかもしれない。

「そうですね…、どうせばれると思いますし」

「分かった。じゃあ、連絡するね。あ、その間ゆっくり…ってわけにもいかないかもしれないけど、とりあえず、寝てて」

医師はそう言うとベッドから離れた。

――まさかここでOBと会うなんて。

そして、それが成彰の同期だなんて思いもしなかった。

世間は思う以上に狭いのかもしれない。

そんなどうでもいいことを考えながら、眞幸は目を閉じる。

救急外来は新たな患者が運び込まれてきたらしく、少し騒がしくなった。その気配を感じながら、

――階段から落ちたって言ってたけど…本当に、どうしてそんなことになったんだろう。

思い出そうとつらつらと考えているうちに、いつの間にか眠っていたらしい。

「眞幸？」

優しい声で名前を呼ばれ、眞幸はゆっくりと瞼《まぶた》を開く。

「起こしてすまないな」

そこにいたのは成彰だった。

「…牧野先輩……？」

どこか夢うつつで問うように名前を呼ぶと、成彰は少し笑って、寝乱れた眞幸の髪をそっと撫《な》でつける。

「大丈夫か？　石川《いしかわ》から、おまえが救急で運び込まれたと連絡されてきたんだが」

その言葉に、眞幸は自分の状況を思い出した。

「すみません……、先輩、忙しいのにわざわざ」

慌てて体を起こそうとすると、寝ていろ、と制止された。そして、少し待つように言うと、カーテンの外に顔を出し、「石川先生を」と誰かに声をかけていた。

すると、すぐに成彰に連絡を入れると言っていた栖芳ＯＢのあの医師が姿を見せた。どうやら、石川、というのが名前らしい。

「ああ、起きたね」

そう言うと再び頭痛や吐き気の有無を聞かれ、どちらもないと答えると安心した顔をした。

「石川、眞幸の容体は？」

石川が一通りの問診を終えたと見ると、成彰はすぐさま聞いた。

「CTの結果は今のところ問題ない。明日、もう一度検査をして問題がなければ帰ってもらって大丈夫だ。まあ、数日は安静にしてもらった方がいいけどね。ただ、右肩を脱臼してたから靭帯《じんたい》を痛めた可能性がある。三週間ほど、痛みがあるし肩関節も固定するから、かなり不自由すると思う。一人暮らし？」

石川が最後は眞幸に向けて聞いた。

「はい、そうです」

「うーん……、右利きだよね？」

頷いた眞幸に、石川は難しそうな顔をした。

「絶対一人だと無理ってわけじゃないけど……、そうとう難しいっていうか、誰か頼れる人に来てもらうとかした方がいいかな」

その石川の言葉に、

「眞幸、しばらくうちに来ればいい」

成彰がさも当然のように言った。

「ああ、牧野も一人暮らしだったな。付き合いも長くて気を遣わなくていいし、丁度いいんじゃないか？　医者としてもその方が安心できる」

石川も、名案だというように同意する。

どうやら、在学中から成彰に世話になっていることまで知られているようだ。

だが、いくら付き合いが長くとも、そこまで世話になるのはどうかと、眞幸はためらう。

帰りづらいとはいえ、実家に戻ることはできる。

もしそれが無理でも、一史に連絡を取れば、多少は何か手伝いに来てくれるだろう。

「ありがとうございます。でも、そこまでお世話には……」

眞幸が断ると、

「あーらら、振られたな」

石川が楽しげに言う。

「眞幸は遠慮がちなだけだ。泊まっていいとも言ってないのに、勝手に客間に寝に行くおまえたちとは違う」

「牧野が寂しいかと思って気を遣って泊まってやったのに」

そう言う石川に、

「俺も眞幸も寂しくないから、石川は他の患者が寂しくないように見回ってこい」

成彰は言外に邪魔だと告げる。

「うわー、オブラートに包んだ厄介払い」

石川は苦笑いをした後、

「あ、もう少ししたら病棟の方に移動してもらうね。今、病室の手配をしてもらってるから」

眞幸にこの後のことを伝えてきた。

「はい。いろいろ、ありがとうございます」

眞幸が返すと、石川はどういたしまして、と軽く言って、他の患者の様子を見に行った。

そしてカーテンの向こうには他の患者がいるとはいえ、少なくともカーテン内には成彰と二人きりになる。

「眞幸、俺のところに来るのが嫌な理由は、身の危険を感じるからか?」

少しトーンを落とした声で、成彰が言う。

それに、眞幸は慌てて頭を横に振った。

「いえ、そういうんじゃないです。……もし、少し生活が不自由になるんだとしても、しばらくの間のことだと思うし……どうしても無理なら、家に帰ろうと思えば帰れるので、自分でできることをしないで、先輩に甘えるのは、違うかなって」

多少の居心地の悪さに目をつぶれば、家に戻ることもできる。

父親にしても、事情が事情だからしばらくならいい顔しなくとも、嫌だとは言わないだろう。

問題は朋加だが、もともと、眞幸の私室と、父たちがメインで使うエリアは玄関を挟んで真反対の方向にある。

眠りに戻るだけのようなものだから、会社の行き帰りさえ朋加と玄関で鉢合わせしないようにすればなんとかなるだろう。

だが、そんなふうに考える眞幸に、

「おまえの、そういう自分でいろんなことに対処しようとする姿勢は、俺が好きだと思う部分の一つだが、正直に言えば、もう少し他人に甘えることを覚えた方がいい」

成彰は苦笑しながら言う。

「もっとも、素直に甘えられない理由が、この前の俺の言動にあるとすれば、それも仕方ないと思うが」

「それは、本当に…違います。僕が、多分、必要以上に意識しすぎちゃってるっていうのは確かにあるんですけど、先輩が、僕の気持ちを無視して何かをするとは思ってないです」

恋愛には不慣れで、そういう意味で向けられる好意に対して、どう反応すればいいのか、眞幸にはその加減が分からない。

「さらりと大いなる牽制《けんせい》をされた気はするが、眞幸がそう思ってくれてるなら、とりあえず、明日からうちに来い。石川も言っていたが、頭を打ったなら、後々、症状が出ることも多いからな。その時に一人だと対処に遅れが出るだろう」

現実的な理由を持ち出してくる成彰に、それもそうかと思うのと同時に、ここまで言ってくれているのに断るのは失礼になるような気もした。

「……先輩に、甘えっぱなしになる…」

呟いた眞幸に、

「望むところだが?」

成彰はそう返してきて、その言葉に、

「明日から、しばらく、お世話になっていいですか?」

眞幸から、改めて頼んだ。

「ああ。じゃあ、客間の準備を整えておく。必要な物があったら、思い出すたびに携帯に送っておいてくれ」

成彰がそう言った時、看護師が病室の準備ができたと移動を促しにやってきた。

そのまま病室に移動した後、成彰は明日迎えに来る、と告げて帰っていった。

——先輩、忙しいのに……わざわざ来てくれて…。

しかも、明日からしばらく世話になることにまでなってしまった。

——ずるずる、甘えないように気をつけなきゃ……。

眞幸は自戒しながら、目を閉じた。

5

翌日、病院での再検査で退院許可の下りた眞幸は、その日から成彰のマンションで世話になることになった。

成彰のマンションは、さすがにＳＧ28の創業メンバーだなと思わせる豪華物件だった。

３ＬＤＫ＋ＷＩＣ《ウォークインクローゼット》の広々とした間取りだが、置かれている家具類はどれもシンプルだ。とはいえ、寒々しい雰囲気はなく、すっきりと整った空間、という感じがした。

「綺麗に片付いてますね」

「それは、眞幸にも言えることだろう？　ちゃんと生活をしている気配があるのに、綺麗に片付いていた。俺の場合は、寝に帰るだけになることも多いからな」

昨日、必要な物があれば連絡をと言われて考えた結果、眞幸が辿り着いたのは「必要な物は全部家にある」ということで、病院を出た後、まず初めに眞幸のマンションに荷物を取りに寄ってもらった。

「そういえば…、先輩がうちに来るの、初めてでしたね」

「何度か、誘ってはもらってたがな。気軽に誘ってくるから、人を誘えるレベルに片付いているんだろうとは思っていたが」

その言葉に眞幸は笑う。

「そこは、寮生活で鍛えられましたから……」

「ああ…、それは確かに言えるな」

栖芳学院の寮生活は「生徒の精神的自立と自主性を重んじる」ものだったが、精神的自立と自主性を育むには、規律の順守や周囲との調和も必要とされていた。

その「規律の順守」のうちの一つが「整理整頓」だった。

机やクローゼットの中までは見られないが、床の上や机の上、ベッドの上などに放置されている物は抜き打ち点検で容赦なくチェックされた。

そして正当な理由なく置かれている物の累積点数で罰則――週末の外出禁止や、寮内の掃除など――があった。

「眞幸は、チェックされたことなんかないんじゃないか？」

「そんなわけないじゃないですか。一年生の時は、習慣付いてなかったので酷かったですよ」

眞幸は苦笑する。

高校からの編入組である眞幸は、最初、ついうっかり読み終わった本や、使い終えた生活用品を机の上に放置して授業に出てしまい、よくチェックを入れられた。

「みんな、中等部の頃から習慣付いてるから、チェックされる子ってほとんどいなくて……凄いなって思ってました」

「いても、片付ける気のない常連ばっかりだからな。俺があの寮生活で学んだことは『収納場所を超える数の物を持ったらいろいろ面倒』ってことだったんだが、川崎はそこからさらに進んで『だから、収納場所がとにかく多い物件に住む』ことにしたみたいだな」

「……川崎先輩らしい気がします」

眞幸の言葉に成彰は笑うと、

「適当に、かけてくれ。お茶を淹《い》れてくる。紅茶でかまわないか？」

そう聞いてきた。

「はい。ありがとうございます」

返事をして、眞幸はソファーに腰を下ろす。

キッチンはリビングの隣にあるが、いわゆる対面式で、カウンター越しに様子が見えるようになっていた。

そこから見えるキッチンも、結構な広さがあるように思えた。

そこで成彰が慣れた様子でお茶を淹れ、リビングに戻ってくる。

「いい匂い……。何か特別な茶葉ですか？」

カップを口元に持ってくると、紅茶のいい匂いがした。

「どうだろうな。前に知人のところで飲んでうまかったから、そう言ったら、送ってきてくれたんだ。ダージリンと書いてあったが、後で見せる」

成彰はそう言って、先に一口飲んだ。それに続いて眞幸も一口飲む。

強く豊かな香りに負けないコクがあって、しかし渋さはなく、とてもおいしかった。

その味にほっとしていると、

「石川が、足を踏み外して落ちたにしては、怪我の仕方が妙だと言っていたんだが……眞幸は、事故の時のことを何か覚えていないのか？」

成彰が聞いた。

それに、眞幸は眉根を寄せた。

昨日の夜はあまり眠ることができなかった。

環境が変わった、ということもあるのだが、肩が痛みだしたのだ。

成彰がいた時は、恐らく処置の際に鎮痛剤を処方されていたのだろう。それが切れて痛みだし、痛み止めをもらって飲んだが、鈍い痛みはずっと続いていた。

人の記憶は、眠る時に整理されるという話を聞いたことがあるが、うつらうつらとして、ふっと目が覚めた時に眞幸は階段から落ちた時のことを思い出したのだ。

「……最初は思い出せなかったんですけど、昨日の夜、少しだけ。リストラの面談を終えて、次の面談まで時間があったので、その間にすませる仕事があって、倉庫に下りようとしてたんです。その時、後ろから誰かに押されて……踊り場に」

眞幸の返事に成彰は渋い顔をした。

「リストラを担当しているから、だろうな。……恨みを買うポジションの仕事だ。ちょっとした嫌がらせや、脅しみたいなものはよくあると聞くが…」

「僕も、ある程度のことは覚悟をしてました」

罵声を浴びせられたり、物を投げつけられたり。そんなことなら、あった。

だが、もしあの階段に踊り場がなかったら。

こんな怪我程度ではすんでいないかもしれない。

そう思うと、怖くなった。

「まあ、今ここで論じても仕方のないことだな。とにかく、今回は軽傷ですんでよかった」

成彰は静かな声で言い、その後は特に会話はなかった。

眞幸が紅茶を飲み終わると、そのタイミングで、

「昨夜は、あまり眠れていないんだろう？　目が赤い。客間に案内するから、そこで休むといい」

そう声をかけ、立ち上がった。それに眞幸も続き、客間に案内してもらう。

準備してくれていたのはクローゼットのある八畳ほどの部屋だった。ベッドとナイトランプの置かれたサイドテーブルがあるだけの部屋だ。

「普段は使ってない部屋だから好きに使うといい」

「ありがとうございます……。石川先生がお泊まりになったのは、この部屋ですか？」

病院で石川との会話の中で、そんな話が出ていたのを思い出して聞いてみた。

「ああ。あの頃はベッドもなくて、全員雑魚寝《ざこね》だったがな」

どうやらその後で、ベッドを準備したらしい。

「ゆっくり休め。俺はリビングか、そうでなければ、はす向かいの部屋にいるから、何かあれば来るといい」

成彰はそう言うと、部屋を後にし、眞幸はとりあえずベッドに横たわることにした。

検査時間の関係上、昼食を食べてからの退院になったので、その時に痛み止めを飲んだおかげで――昨晩痛みで眠れなかったことを伝えると、もう少し強めの痛み止めを処方してくれた――今は、気になるほどの痛みは出ていない。

――明日は、出勤できるかな……。

さすがに今日は休んだが、明日はまだ水曜。会社がある。

今日にしても、会社から幾つか業務上の質問が来ていた。

その中には、説明するのが難しいものがあり、明日出社してから処理をすると返信したものもある。

――だから、行かなきゃ……。

いろんなことを考えているうちに、結局、昨夜の睡眠不足もあって眞幸は眠ってしまった。

「眞幸、起きられるか？」

優しく声がかけられ、ほのかな光の気配が閉じた瞼にも感じられた。

それに目を開けると、サイドテーブルに置かれていたナイトランプの灯りがつけられていた。

その光を眩しく感じるほど、部屋の中は暗くなっていた。

「……先輩」

「もう七時だ」

「七時……」

寝てしまった正確な時間は分からないが、少なくとも三時にはなっていなかった。

「わ、四時間も寝ちゃってる……」

簡単に計算して、驚いていると、

「それだけ寝不足だったんだろう。眠り続けるようなら、キスで起こしてやろうと思ったが、残念だ」

成彰は笑って言う。冗談だと分かっているのに、眞幸はつい戸惑ってしまう。

そんな眞幸に、

「食事の準備ができてる。あまり食欲はないかもしれないが」

成彰はそう言って起き上がるように促す。

その時、ついいつもの癖で右手をついて起き上がろうとした眞幸は、

「痛っ」

鋭く走った痛みに顔を顰《しか》めた。

「大丈夫か？」

「はい……、うっかりしてて」

「食事をしたら、また痛み止めを飲んでおいた方がいいな」

成彰はそう言ってさりげなく、眞幸に手を差し出し、立ち上がるのを手助けする。

「……まるで、介護されてるみたい」

「せめてプリンセスのエスコートと言ってくれ」

笑いながら、成彰は眞幸をダイニングに連れていった。

そこに準備されていたのは、サラダにポタージュスープ、それから魚介を使ったパスタだった。

「わ……、凄い。先輩がちゃんとお料理できる人だって、忘れてました」

「これをちゃんとした料理に入れていいのかどうか、疑問だがな」

成彰はそう言うが、煮込み系の凝った料理も成彰は作る。

なぜ知っているのかといえば、学生の頃に連れていってもらった別荘では基本的に自炊で、
その時に成彰がいろいろ作ってくれたからだ。

この日のサラダもドレッシングはお手製だったし、ポタージュは市販のスープの素を使ったと言っていたが、隠し味に何か入っているようだった。

「あ…凄くおいしい。魚介のダシがしっかり出てて……」

パスタはトマトソースだったが、そこに魚介のダシがしっかりと出ていて、濃厚なのにトマトの酸味でさっぱりとしていて、とてもおいしかった。

「口に合ったか」

「はい。……久しぶりに人間らしいものを食べた気がします」

眞幸の言葉に
「これまでの食生活が偲《しの》ばれるな」

成彰は苦笑した。

「最近、お弁当とかが多くなってて……。最初の頃は、いろんな種類のお弁当が楽しかったんですけどね」

リストラの業務を始めてから、作り置き食材で何かを、という気分にもなれず、外で出来合いのものを買ってばかりいた。

最初の頃は、本当にいろんな弁当が楽しかったのだが、業務のことで精神的に疲れてくると食欲が落ちて、最近はおにぎりとインスタントのお味噌汁ばかりになっていた。

「まあ、俺も忙しい時はそれに近い状態になるから、えらそうには言えないがな」

そう言うにとどめてくれる成彰の優しさに感謝しながら、眞幸は食事を続けた。

そして食事を終え、食後のお茶をゆっくり飲んでいる時、

「眞幸は、これからどうするつもりだ？」

成彰が不意に聞いた。

「これから……」

漠然とした問いに、どういう方向で答えればいいのか悩んでいると、

「そうだな、まず、業務に関してだ。怪我をさせられたとなると、会社としてもそれ以上、無理に業務を続けさせることは難しいだろう。嫌なら他の業務に移ることが可能なはずだし、それによって不利益を受けるようなことがあれば、訴え出ることもできる」

具体的に成彰は伝えた。

それに眞幸は少し考えてから、

「もし自分が手を引けば、引き継いだ人が今度また狙われる可能性があるってことですよね」

「その可能性は充分あるだろうな」

「……僕は、このまま、続けようと思ってます」

そう答えた。

「眞幸……」

「できる限り、自衛します」

「今回の犯人はどうする。現場そのものでなくとも、社内に防犯カメラは設置してあるだろう？　それである程度、しぼれるはずだ」

「それはそうだと思いますけど、犯人捜しをするのも、また反感を買う気がするんです。その時の記憶が飛んでるので覚えてはいないけれど、医者は足を滑らせた落ち方じゃないと言ってた、とでも説明すれば…牽制くらいにはなるんじゃないかって」

もちろん、そこで踏みとどまるような理性があればの話だ。

「眞幸の考え方も分かるが……危ないぞ」

成彰は険《けわ》しい顔をしながら言った。

「……はい。でも、誰かがやらないといけないことだから」

眞幸が返すと、成彰は長い息を吐いた。

「まったく……、このお姫様は意外と頑固だからな。だが、とりあえず肩の調子が良くなるまではここで過ごせ。あと、眞幸の通勤は俺が車で送迎する」

「そんな…、そこまでしてもらえません。先輩、忙しいのに」

今日だって自分に合わせて午後から会社を休んでくれているのだ。昨日だって、病院に駆けつけてくれた。

実家を緊急連絡先に登録はしてあったから、会社から連絡が行ったとは思うが、誰も来なかった。

だが、成彰は他人なのに駆けつけてくれた。

もちろん、その根底に色恋といった感情があるのだとしても、感謝してもし足りない。

そのうえに、これ以上厄介になることは申し訳なさすぎて、できなかった。

「これは、眞幸のために言ってるんじゃない。眞幸に何かあれば、俺が後悔する。眞幸は電車通勤だろう？　今回は会社の階段から突き落とされて幸いその程度の怪我ですんだが、ホームから突き落とされる可能性だってある」

それを、大袈裟だ、と言うことはできなかった。

追い詰められた人間にとれば、階段から突き落とすのも、ホームから線路に突き落とすのも大差ないことだろう。

無防備な背中を、押せばいいだけのことなのだから。

「それに、姫を守るのは昔から騎士の仕事だ」

笑って言う成彰に、眞幸はいろいろと複雑な心境になりながら、

「……じゃあ、肩の調子が良くなるまで、お願いします」

眞幸は頭を下げた。

そんな眞幸に、成彰は「御意に」などとおどけて返してきて、それに眞幸は少し笑った。

◇◆◇

翌日から成彰の車で送迎されて出勤するようになると、早速『御曹司気取りで』などと、聞こえよがしに陰口を叩く者も出てきたが、眞幸はできるだけ気にしないようにした。

貝原からは、階段から落ちた件についてヒアリングを受けた。予定通り、

『その前後の記憶がないのではっきりとしたことは言えないんですけれど、診て下さった先生がおっしゃるには、自分で足を滑らせたにしては怪我の仕方がおかしいということで、事件という面も視野に入れて考えた方がいいんじゃないかとはおっしゃっていました』

そう伝えると、気まずさと心配が入り混じった顔をしていた。

その流れで、誰かが関与した可能性について、調べるかとも聞かれた。

だがそれに対し、犯人探しは望まないが、仮に誰かが故意に行ったことなのだとしたら、今後そういう事件がないように何らかの対策を取ってほしいと頼み、その一環として防犯カメラを見えるように——一部はダミーでもいいが——取りつけてもらうことになった。

無論その辺りのセッティングは武田がしてくれたが、武田が顔見知りの社員に、

『桐原くんの事故って、あれ、実は事故じゃないって噂出てるけど、ホント？　一応、防犯カメラのデータは残してあるから、会社から要望があれば調べられるようにはなってるんだけど

さ』

と、犯人と今後出るかもしれない類似犯を牽制するようなことを言ってくれたようだ。

恐らく、成彰が武田に依頼したのだろう。

そのおかげで、嫌がらせめいたものはなくなり、眞幸はリストラ業務に没頭することができた。

そして、なるだけ家で作業ができるようにして、定時で上がることを続けた。

これまでのように残業をしないのは、社員が少なくなる時間帯は、何かが起きても気付いてもらえる可能性が低くなって怖いからだ。

成彰は退社時刻に合わせて会社の前に車を横付けして待ってくれ、眞幸をマンションの部屋まで送り届けると、自身は会社に戻って仕事をする。

眞幸のために、自分の仕事を中断して来てくれているのだ。

そのことが申し訳なかったが、

「俺が来なかったら、川崎が喜んで来るぞ。眞幸に会うためなら、どんな仕事も放り出しかねないからな」

と、成彰は笑っていた。

つまり、気にしなくていいということだと思うが、そうですかと受け取れる性格でもない。

——仕事が一段落したら、先輩にも、川崎先輩にも、お返ししなきゃ……。

自分よりも、なんでも持っていてなんでもできる人たちに、どうすれば恩返しができるかは分からないが、そう思う。

そして週末が来た。

肩の痛みはかなりましになり、痛み止めの必要もなくなった。

まだ無理はしない方がいいと言われたが、動かさないのもよくない気がしたので、左手だけでできる範囲で、少しだけ掃除をすることにした。

成彰も今日は休みで家にいたが、眞幸が掃除を始めたのを見ると、

「見て見ぬふりをしてきたが、冷蔵庫の野菜室の底を拭くか……」

と、キッチンに入って、冷蔵庫の掃除をし始めた。

特に何かあったというわけではないのだが、野菜室の底にいつの間にか落ちた葉物野菜の欠片などが散っているのが気になっていたらしい。

とはいえ、そのためには野菜室の物を全部取り出して底を拭くことになるので、考えると億《おっ》劫《くう》で放置していたようだ。

もちろん、一人暮らしだから入っている野菜の量もさほどではないので、取りかかればすぐに終わるはずなのが、ただ、本当に「なんだか面倒」だったようだ。

そして野菜室の掃除が終わる頃にはやる気が出てきたらしく、冷蔵庫の他の場所も、と結局冷蔵庫全体を片付けることにしたらしい。

それを感じながら眞幸はリビングのサイドボードの上の埃を掃除用具を使って取りはらっていた。

基本的に出ている物はなく、置いてあったのは成彰が外出時に持っていく物――財布や時計、免許証といった一式だ――が入れられている籠があるくらいだ。

その籠を避けた時、手を滑らせて床に落としてしまった。

「あ……、やっちゃった」

眞幸はしゃがみ込み、床に散らばった物を籠に入れていく。

その時、カードケースが開いた形で落ちていて、成彰の免許証が見える状態になっていた。

免許証の顔写真の写りは残念になることが多い、という噂を思い出し、ちょっとした好奇心で、眞幸は成彰の顔写真がどんなふうになっているのか、見てみた。

「……イケメンは、やっぱりイケメン」

だが、そこに写っていた成彰は、普通にそのままイケメンだった。

なーんだ、と思ってカードを閉じようとしたが、ふっと見えた成彰の名前に違和感を覚えた。

「え……？」

そこに書かれていた名前は「牧野成彰」ではなく「瀧川成彰」だった。

どういうことかと思って戸惑っていると、

「何か落とした音がしたが大丈夫か？」

音を聞きつけて成彰がやって来た。

成彰は、眞幸がカードケースを持って固まっているのに気付くと、

「見たのか」

少し困った様子で聞いた。

「あ…、ごめんなさい。あの、免許証の写真が見てみたくて、それで……」

「ああ、いや、かまわない。いずれ話そうと思っていたことだ。多分、今がそのタイミングだったんだろう」

成彰はそう言うと、眞幸から籠を受け取り、サイドボードの定位置に戻した。

そしてソファーに座るように促すと、自分の向かい側に腰を下ろした。

「俺の本当の名前は、免許証に書いてあったように、瀧川成彰だ」

成彰は自分の口からはっきりとそう言った。

「牧野、というのは……？」

「それは、母方の名字だ。俺は、子供の頃に誘拐されかかったことがあるんだ」

「誘拐……」

「瀧川グループって、聞いたことがあるだろう？」

出された会社の名前に、眞幸は目を見開いた。日本屈指の大企業だ。

「瀧川…、じゃあ、先輩は……」

「グループの社長が俺の父親だ。それで、子供の頃、誘拐されかかって、もちろん未遂ですんだからなんの事件にもならなかったんだが、瀧川姓であることが危険を招くと判断して、以来俺は公式書類以外に牧野姓を使ってきた。それでも父親は安心できなかったみたいで、事件の後、しばらくして俺は海外に行ったんだ。その後、栖芳の中等部に入学するタイミングで帰ってきたが、表向きはまだ海外在住になってる」

「そうだったんですね……。川崎先輩とかは、ご存知なんですか?」

「SGの創業メンバーは知ってるな。社外秘の公式書類の連名は瀧川にする必要があるから。秘密を漏らすような連中じゃないし、今はばれたところでどうということもないんだが『牧野成彰』としてアイデンティティーが成り立っている部分もあるから、今はまだそれで通してるんだ」

　初めて知る事実に、眞幸は「そうなんですね」と繰り返すしかなかった。

　そんな眞幸に、成彰は不意に言った。

「俺は、眞幸のお母さんを知ってる」

「え……?」

　それはあまりに意外な言葉だった。

　眞幸の母親が死んだのはもう随分前だ。その時の成彰はまだ子供だったはずだ。

「眞幸のお母さんは、結婚前、俺の祖母の活け花教室の生徒だったんだ。線の細い綺麗な人で、あの時俺は小学生にもなっていないような年だったが、子供心にも不用意に触ったら壊れてしまいそうなくらい繊細な人だってイメージがあった」

「母は、実際、体もあまり丈夫じゃなかったから……」

出産後、少し体調を崩してなかなか調子が戻らなかったと聞いた。そこに、恐らく夫の不倫を知って精神的にもダメージを受けたのだろう、と、親戚たちが話していたのを聞いたことがある。

「眞幸の耳に入れていい話かどうか迷うが」

「なんですか?」

聞いたが、成彰は迷うように少しの間黙した。

「……母のことは、あまり知らないんです。母が亡くなったのは、僕が五歳の時でしたし、母方の祖父母も、桐原の祖父母も、僕に詳しいことは何も教えてくれなくて……。親戚たちが脚色したかもしれない、ゴシップめいた話しか」

眞幸が言うと、
成彰は言った。

「俺が話すことも、あまり大差ないかもしれないが、それでもいいか?」

「はい」

成彰が眞幸に対して、いつも気を遣ってくれているのは分かる。

言いあぐねるのも、その優しさからだ。

でも、だからこそ、成彰の口から、母のことを聞きたかった。

「眞幸のお母さんには、当時、他に好きな人がいた。祖母の活け花教室で教えていた師範だった男だ。もちろん、思いを寄せている、というだけの状態で、相手もそれに気づいてはいたが教室の師範と生徒という関係上、いい加減な気持ちで交際はできないと、互いに踏み出せない様子だったみたいだ。これは、俺も後から聞いたんだが。ただ、その時に桐原の御曹司――つまり現社長だが、彼に遊びで手をつけられて、運悪くというのは眞幸に失礼だな。だが、その時に妊娠してしまった」

「……そのことは、知ってます。父が、責任を取った、と」

「そう、責任を取った。とにかく祖母が激昂して、桐原に詰め寄ったんだ。桐原の当時の社長が息子にどういうことか詰問して、その結果、な。眞幸の母方の家も、家柄としてはいいだろう？」

問われて眞幸は頷いた。

「桐原ほどではありませんけれど……、それなりに、と言っていいと思います」

過去に手広く事業をしていて名の通った家だったが、その当時、すでに事業を畳みに入っていた。

とはいえ、時流を見越しての、家業分野が衰退する前の撤退で、今は買っていた土地などを企業に貸したり、アパートを経営したりして、手堅く暮らしている。

「美人だったし、あの家の娘なら損はなかった。俺は彼女が結婚してすぐに、海外へ行ったから、後のことは帰国してから知ったんだが、彼女が亡くなって、そのすぐ後に再婚したことや、すでに後妻との間に子供ができているというようなことを知って、俺の親父が手のつけられないようなキレ方をしたらしい。『道理から外れたことをする奴は信用できん』って、事あるごとに言って、敵対するわけじゃないが、とにかくうちは信用できない相手とは関われないと、瀧川グループ全体で、桐原とは一切の関わりを断ったんだ」

成彰の言葉に、眞幸はその頃のことをうっすらと思い出した。

当時、祖父はまだ会長として桐原物産にいたが、難しい顔をすることが増えていたし、眞幸の父親にしても、同じだった。

朋加の金切り声が聞こえてくることもあった。

「まあ、後妻の実家がいろいろ手助けして無事だったようだがな」

それに眞幸はただ頷いた。

「じゃあ、先輩が学校で僕に声をかけてくれたのは……」

眞幸のことを知っていたからなのだろうか。

そう思ったが、

「いや、そうじゃない。最初はただの好奇心だった。『時計台のラプンツェル』なんて大層な名前で呼ばれてるのが、一体どういう生徒なのか、気になったんだ。考えてもみろ。思春期真っただ中の野郎どもの巣窟で『ラプンツェル』だぞ？」

成彰は笑いながら言った。

「その本人は、その二つ名を最近まで知らなかったわけですけど……」

そんなあだ名をつけられていたなんて、本当に知らなかった。

ただ、本を読むのにも景色を見るのにもいい場所だなと思っていただけだ。

「むくつけき男どもの中ではそう見えるってレベルだと思ってた。初めて時計台の窓辺にいる眞幸を見た瞬間には、もう欲しくて仕方がなくなってた。だからあの日、再び眞幸を見た時は、時計台の窓辺に行くまで、いなくなるな、と必死で祈って——それでやっと声をかけたんだ。その時に眞幸の名前を知って、眞幸のことを少し調べて、そこで彼女の息子だと分かった。不思議な縁もあるものだと、そう思ったよ」

そこまで話して、成彰は一度話すのをやめた。

だが、何かを言おうとしているのは、表情から分かった。

「……何か、僕に聞きたいことが？」

眞幸から切り出すと、成彰は頷いた。

「ああ……。今までは、敢えて聞かなかったんだが、眞幸の家のことだ。だいたいのことは世間の噂で俺も知ってる。けど、眞幸が今まで何をどう感じてきたのかは分からないから…嫌でなければ、話してほしい」

成彰に言われ、そういえば、家の話を聞かれたことがなかったなと改めて思う。

単純に眞幸の家のことはいろいろとゴシップ的に噂もされているので、わざわざ聞くまでもないと思っているのだと解釈していたが、やはり気を遣ってくれていたらしい。

「……僕が覚えてる範囲内では、母はもう、入退院を繰り返してたんです。残ってるビデオとかを見ると、元気そうにしてて、僕と遊んでくれているところもあるんですけど、覚えてなくて……。それでも、母が家に帰ってきて、絵本を読んだり、一緒に積木やブロックをしてくれたりする時はとても嬉しくて……。だから、その母が亡くなった時は、そのことがまずショックでした。もちろん、身の回りのことは家政婦さんが全部してくれてたし、その頃は桐原の祖父母も健在で気にかけてくれていたので、そういう意味では守られてたんですけど……」

「後妻が来た時は？　わりとすぐだっただろう？」

「うーん……子供の理解だと、後妻っていう意味も、父親の再婚っていう意味もよく分かってなかったんです。ただ、新しい女の人が来て、その人と一緒に来たのが自分の弟だって言われて、単純に弟ができたってことは嬉しかったんですけど……後妻っていう存在と自分がどういう関係上にあるのかとか、詳しくは分かってなくて、最初は同じ家に住んでる女の人ってだけの感覚でした」

眞幸の言葉に、成彰は首を傾げる。

「そういうものか？」

「生活が、もう、全然別だったので。普段いる部屋も離れてましたし……。僕はわりと習い事をいろいろしていて、その頃から家にいる時間ってあまりなかった気がします。弟も、朋加さん……後妻さんですけど、彼女から僕の勉強の邪魔になるからあまり遊びに行くなって言って、接点を持たせないようにしてて。それでも、親の目を盗んでは部屋によく遊びに来て、一緒に遊んで、懐いてくれるのは嬉しかったです」

自分がわりと複雑な環境で育っていると気付いたのは、小学校中学年くらいになって、一通りの漢字などが読めて自分で様々な本を読むようになってからのことだ。

その時には複雑な気持ちになったが、眞幸の生活はもう出来上がってしまっていたので、そういうものだと割り切るしかなかった。

「だが、栖芳への途中編入は？　中学からなら、まだ分かるが……」

どうやらいろいろ、成彰は疑問があったらしい。

「まず、僕が最初は栖芳学院の存在を知らなかったんです。それで、各界の子息が通う全寮制があって、そこで将来を見据えて友人を作っておいた方がいいって言われて……それまでも私立に通ってたんですけど、栖芳学院を調べたら、よさそうだったし、父親の言う学閥的なことも理解できたから特に疑問には……。でも、長期休暇で戻ってきた時に、朋加さんと一史……弟ですけど、その二人がいつも旅行に行ってたりしていなくて、その時に、僕と顔を合わせたくないっていうことと、家族の頭数の中に入れたくないんだなってことがはっきり分かって……その時だけはさすがにちょっと、ショックでしたね」

もちろん、帰ると祖父母は喜んでくれた。

けれど、祖母が怪我をして入院したのを機会に二人はケア付きの施設に移り、家からいなくなった。

そうなると、眞幸の帰る「家」は、ただの「箱」でしかなくなった。

待つ人も、帰りを喜んでくれる人もいないなら、どこで過ごしても一緒だと、眞幸は帰らなくなったのだ。

「でも、栖芳にいたから、先輩と会えたし……それを考えたら、いろいろチャラかな、とは思ってます」

眞幸が笑ってそう言うと、

「おまえは……そうやってナチュラルにデレてくるな。こっちが、どうしていいのか反応に困る」

成彰はそう言って苦笑する。

「先輩が聞いたのに」

「それはそうだが……。聞いたついでに、もう少しいいか？」

「はい」

「就職で、子会社へって決まった時は、どう感じた？　さすがに納得はしてないだろう？　それに、今回のリストラに関わる仕事も」

その質問に眞幸はさすがに難しい顔をした。

それは理不尽だと思うこともあるが、それ以上に、互いに少し感情が複雑なのだ。

「そもそも、僕は、桐原の関連企業に行くつもりはなかったんです。桐原が危なかった時に乗り切ることができたのは、朋加さんの実家の銀行の力だから、朋加さんやその実家とか親戚やなんかが、一史に桐原を継がせたいって考えてるのはなんとなく感じてましたし、父もその思惑が分かってたから、僕を関係会社に入れる気もなかったみたいです。そのことは僕も、納得してて……仮に一史と僕が同じ母親から生まれた普通の兄弟だったとしても、僕は跡継ぎなんていう器じゃないですから」

眞幸ははっきりと言い切る。

それは、一史と一緒にいて感じることだ。

一史は常に物事を俯瞰《ふかん》で見ることができる。

そのせいで自分の両親を見た時に、若さゆえの精神的な潔癖さもあって、いろいろと許せない部分が噴出するのだろう。

「でも、桐賀貿易にって言われたんだろう？」

「ええ。祖父が、僕が普通に就職活動をしてるって知って怒って…。いくら前妻の子供だからといって、他の企業に就職させるなんてどういうことだって。それで、桐賀貿易にって。あそこは、祖父が立ち上げた子会社だったから……」

だから、眞幸も桐賀を支えるために頑張ってきた。

けれど、その祖父も、もういない。

眞幸が就職して働きだしたのを見届けたように亡くなり、祖母はその二年前にすでに他界していた。

「でも正直に言うと、このまま桐賀貿易で働き続けることは難しいと思ってます。……いろんな人をやめさせて、自分だけ残ることはできないし」

あの時、階段で背中を押したのが、自分がリストラを宣告した相手だとは限らない。

他部署への異動を命じられて、それを不服に思っている社員かもしれないのだ。

眞幸のその言葉に、

「眞幸がそのつもりがあるなら、今の仕事が落ち着いたらでいい、真剣に俺のところに来ることを考えてほしい。前にも言ったが、おまえに任せたい仕事はいくらでもある」

成彰はそう言ってくれた。

「……ありがとうございます。今は、いろいろ分からないし、いっぱいいっぱいで答えられないですけど…嬉しいです」

誰にも言えないし、無理だろうなと自分でも思っているが、もしかしたら、と思っていることがある。

成彰の申し出は本当に嬉しいし、ありがたいと思っている。

けれど、もしその時が来て、眞幸の望む方向に話が進んだら、それでも成彰の申し出を受ける、とは言えないかもしれない。

曖昧《あいまい》にしか答えられない眞幸に、

「今はそれでいい。とりあえず、俺がそう考えていることだけは頭に入れておいてくれ」

成彰はそう言った。

その言葉に眞幸は頷いたが、成彰の優しさが少し胸に痛かった。

それは、自分の不誠実さを分かっているからだ。

――でも今は……ごめんなさい。

眞幸が心の中で成彰に詫びた時、眞幸の携帯電話が通話着信を告げた。

それに画面を見てみると、表示されていたのは一史の名前だった。

「あ…一くん……。弟です」

「早く出てあげた方がいい」

成彰に言われ、眞幸は電話をつなぐ。

「もしもし、一くん？」

『兄ちゃん？　今どこ？』

「今、牧野先輩の家にいるよ。どうかした？　何か用事があった？」

一史は基本、眞幸に連絡をする時は電話をしてくる。

アプリケーションやメールを使うのは眞幸が就業中だったり、写真などのやり取りをしたりする時だけだ。

他の友人ともそうしているのかと聞いたが、彼らとはアプリケーションだけでつながっているらしいので、その線引きがよく分からない。

『別にどうもしないっていうか、兄ちゃん、この前も家にいなかったし……。今日なら休みでいるかなと思ったら、いないみたいだから、心配になった』

少し拗《す》ねたような口調で一史は言う。

「ごめん、もしかして、何度か空振りさせてる？」

一史は眞幸のところに来る時、いつも連絡をしてこない。

定時で上がれば、ちゃんと家に帰っているし、残業をしていてもこの時間には帰ってくる、という目安が分かっているからだ。

『ううん、一回だけ。俺も最近、教授の手伝いで家に帰るの遅いから兄ちゃんとこに寄ってなかったけど、いつもなら電気ついてるはずの時間でも電気ついてなかったし……』

一史が眞幸の家に寄るのは、一史の大学と眞幸のマンションが一駅の距離だからだ。

会いたくなったら、大学から歩いてやって来る。

電気がついていなかったので、諦めてそのままスルーして帰ったりもしたのだろう。

『もしかして、仕事忙しすぎて会社に泊まり込みとかになってんの？　もしそんなことさせられてんなら、会社やめちゃいなよ。兄ちゃんなら、いくらだって他に条件のいい会社あるんだからさ』

眞幸がどう答えようかなと迷っていると、どうやらその間を「言いづらい理由がある」と理解したらしく、一史は思い当たる理由を口にしてきた。

「ううん、そうじゃないよ」

とりあえず否定して、どうしようかとやはり悩む。

言いづらいのは、確かに言いづらいのだ。

だから、適当なことを言ってごまかしてもいいが、その適当なことが思い浮かばないし、何より、一史に嘘はつきたくない。

「えっと、今、ちょっといろいろあって、牧野先輩の家にお世話になってる」

とりあえず、かいつまんでそう言ってみる、だが、

『え？　牧野先輩って、よく飯連れてってくれてる人だよね？　なんで今、その人の家にいんの？　世話になってるって、一緒に住んでるってこと？　何がどういろいろあったらそんなことになんの？』

予想外の返事に不安にかられたのか、一史は根掘り葉掘り聞いてきた。

「えっと、なんていうか……どう説明したらいいのかな」

眞幸が困っていると、

「眞幸、俺が代わりに話そう。よかったら、代わってくれ」

成彰がそう言って手を出してきた。

それに眞幸は迷ったが、自分ではどこまでどんなふうに説明していいのか分からなくなってしまっていたので、

「一くん、牧野先輩がちょっと一くんと話したいって。代わってもいい？」

問うと、不承不承《ふしょうぶしょう》という様子ながら『いーけど』と返事があり、眞幸は成彰に携帯電話を渡した。

「どうもはじめまして、牧野です。眞幸くんから、君のことは聞いてるよ。……ああ、そう。少し怪我をしてね。……落ち着いて、心配するのは分かるけど、そうたいした怪我じゃない。ただ少しだけ日常生活に不便が出るから、その間だけこっちに来てもらってるんだ。……うん、そう。……もし、心配なら会いにおいで。…全然かまわないよ……うん、じゃあ住所を送る。下に着いたらコンシェルジュに牧野に会いに来たと言ってくれ。話は通しておくから。じゃあ気をつけておいで、待ってる」

成彰はそう言い終えて電話を終えた。

「一くん、来るんですか？」

眞幸が聞くと、成彰は頷いた。

「随分、心配してたからね。顔を見れば安心するだろう？　安心させてやるのも『兄ちゃん』の務めだ」

笑って成彰がそう言うのに、眞幸はとりあえず「すみません」と謝り、一史がマンションに来るのを待った。

6

三十分ほどで一史は成彰のマンションに来た。

「やあ、よく来たね」

玄関で出迎えた成彰に、一史は、

「どうも、はじめまして。桐原一史です。いつも兄がお世話になっています」

礼儀正しく挨拶をしたが、どう見ても成彰に対して何らかの牽制をしているように思えた。

成彰の少し後ろでその様子を見ていた眞幸は、

「一くん、心配させてごめんね」

とりあえず謝った。その眞幸に一史は、

「兄ちゃん……よかった、会えた…けど、なんでそんなに痩《や》せてんの？」

会えたことを喜んだ直後、即座に突っ込んできた。

「まあ、その辺りのことはリビングでゆっくり話そう。上がってくれ」

成彰が促すと、一史は素直に頷き、靴を脱いで準備されていたスリッパを履《は》いた。

そして眞幸と一史はそのままリビングに、成彰はお茶を淹れにキッチンに入った。

一史は物珍しそうにリビングを見回していたが、

「デケェ部屋。ここに一人暮らししてんの？　あの人」

気になるのか小声でソファーの隣に座す眞幸に聞いてきた。

「うん、そうだよ。空いてる部屋があるから、しばらくの間おいでって言ってくれて、それでお世話になってる」

眞幸が答えると、

「だからさ、なんで、世話になんなきゃならないようなことになったわけ？　ケガしたって聞いたけど、どこをどんなふうに？　なんで？」

一史は思い出したように、一気に聞いてくる。

「一くん、落ち着いて。順番に説明するから」

眞幸がそう返した時、成彰がコーヒーを淹れてリビングに戻ってきた。エントランスのコンシェルジュから一史が来たと連絡が入ってすぐにコーヒーメーカーのスイッチを入れていたので、丁度淹れ終えていたらしい。

「コーヒーが嫌いでなければいいんだが……」

「大丈夫です、普通に飲むんで」

成彰の言葉に、一史は答えるが、どこかまだ成彰を警戒しているような節があった。

何か言った方がいいのかなと思ったが、それはそれで妙に思えて、眞幸は出されたコーヒーカップを手に取り、一口飲んだ。

そして全員が一口飲んで、カップを置いた頃合いで、

「いろいろと、疑問があるだろうと思うが、まずは眞幸が怪我をしたことの説明からするのがいいかな？」

成彰が切り出した。

「あー、はい。兄ちゃん、なんで？　どこで、どんな怪我したわけ？」

一史が詳細を求めてくる。

「えっと、会社で、階段から落ちて、右肩を脱臼した」

一史の問いに合わせるように説明をしたというのに、

「はぁ？　どういうこと？　会社の階段から落ちったって……普通落ちる？　っていうか落ちたら捻挫《ねんざ》とか、ケツ打ったとか、そういうことの方が多くねぇ？　右肩脱臼って、どんだけ強く手すり掴んでたっていうか、落ちたんだよな？　それで脱臼？　滑ったんじゃなくて落ちた？」

一史はどうやらその場面を頭で思い描いたらしく、眞幸の言葉から生じる疑問をぶつけてきた。

「それ、落ちたんじゃなくて、落とされたんじゃねえの？　落ちて右肩脱臼って右から下に落ちたってことだろ？　足滑らせて前のめりに落ちるとかあり得ねえし。兄ちゃん、今、リストラさせられてんだろ？　絶対恨んでる奴いるじゃん！」

湧き起こる疑問と仮定される状況を次々口にする一史に、

「噂にたがわず、聡《さと》い弟さんだな」

成彰は感心したように言った。

「あ……すみません。けど、絶対おかしいし」

眞幸に対して、とはいえ、まくしたてるような言い方をして、聞いていた成彰を不快にさせたと思ったのか、一史は謝ったが、それでも納得できない様子を見せる。

「それが、覚えてなくて。病院の先生も、落ち方としておかしいとは言ってたんだけどね。落ちた時にちょっと頭を打ったのも関係してるのかもしれないけど、前後の記憶がちょっと飛んでるんだよね」

とにかく分からない、という方向で行くしかないと、眞幸は「覚えてない」で通すことにした。

「記憶飛ぶくらい、頭打ったの？　それ、危ないじゃん！」

だが、それはそれで一史の心配を煽《あお》ったらしい。

「大丈夫だよ、二回検査受けて、その結果、なんともなかったから……」

眞幸は安心させようとしてそう言うが、

「けど、頭打ったらすっごい後になって症状出ることもあるって……！」

どうにも一史は心配らしい。その一史に同意するように成彰は頷いた。

「俺もそれを心配して、眞幸にここに来るように言ったんだ。一人暮らしをしていると、何かあった時に発見が遅れることもあるからな。それに、右肩の脱臼でまだ少し痛みが出ていて、日常動作でも不自由がある。それをサポートする意味もあって」

「兄ちゃんのこと、心配して、いろいろしてくれたのは、ありがたいです。けど、なんで、俺を呼んでくれないわけ？　俺、いくらだって兄ちゃんとこ泊まるのに！」

一史は成彰に礼を言ってから、眞幸に疑問をぶつけた。

「一くんが家に帰らなかったら、朋加さんが怒るだろ？」

端的に眞幸が返すと、一史は唇を噛んでから、

「あのクソババア……、全部あのババアのせいじゃねえかよ！」

吐き捨てるように言った。

「一くん、ババアはダメだって言っただろ？」

眞幸は窘めたが、

「だってそうじゃん！　困った時に兄ちゃんが家に帰ってこられないのだって、あのババアがいるからじゃん！」

一史は治まらない。

憤懣《ふんまん》やるかたないといった様子の一史にも、

「眞幸と違って、元気な弟さんだな」

成彰は楽しげに言った後、

「確か、大学四年生だったか。大学の専攻は？」

少し話を変えるように聞いた。

「経済学部で、応用ミクロのゼミにいます」

「なるほど。マクロは？」

「いまいち教授と合わなくて。去年の夏休みに、志誠《しせい》大の小笠原《おがさわら》教授の短期集中講座を聴講しました」

「小笠原教授の、『ケインズ経済』っていう本を読むといい。マクロ経済についての理解が深まる。興味があるなら、持ってるから貸すが」

「マクロについて詳しいんですか、えーっと、牧野さん」

一史は成彰に興味を持ったらしく、聞いた。

「詳しいかどうかは……。まあ、大学は違えども、俺も経済学部を出てるから、一通りは」

「俺、ケインズの概念で引っかかるっていうか、ちょっと腑《ふ》に落ちないとこがあって。それも、その本を読んだら理解できますか？」

そのまま一史は経済学について成彰に聞き始め、眞幸は一史の関心が自分の怪我からそれたことに安堵した。

一史はそのまま、成彰の書斎で本を見せてもらったりした後、しっかり夕食も食べたうえに、成彰と連絡先を交換して帰っていった。

もちろん、夕食の時には改めて眞幸の怪我の様子や会社の状況などを聞かれたのだが、眞幸がとにかく自分がやらなければいけない仕事だし、階段から落ちた理由が恨みを買ってのものかもしれないと理解したうえで、送迎を成彰にしてもらっていることなどを話した。

全部を納得したわけではなさそうだったが、現段階での打てる手を打っていることは理解した様子だ。

そうでなければ、帰らずに居座っただろう。

「……一くんが、いろいろ、すみませんでした」

一史が帰ってから、眞幸は成彰に謝った。

「何がだ？」

「僕を心配してのことではあるんですけど…最初、先輩に対しての態度も、あんまりよくなかったし……ご飯まで食べて、あげく本も借りて…」

理由を説明すると、

「なんだ、そんなことか。何も気にしてない。夕食は俺が誘ったし、本も俺が気になるものがあれば持って帰っていいと言ったからな。ブラコンの気はあるが、勉強熱心ないい弟じゃないか」

成彰はそう言って一史のことを褒める。そして、

「あれだけ性格が違うと、眞幸と衝突することも確かになさそうだな」

そう言って笑った。

「僕もそう思います。半分は、同じ血が流れてるはずなんですけど」

首を傾げる眞幸に、「眞幸は母親似なんだろう」と言って、成彰はまた笑った。

◇◆◇

成彰とはこれまでも親しくしてきた。

付き合いも高校二年の時に出会ってから八年になるし、その間いろんなところに連れていってもらったし、食事には何度連れていってもらったか分からない。

だが、毎日成彰の部屋で一緒に過ごすようになって、これまでとは親密さが違ってきたのを眞幸は感じていた。

朝食の準備は、いつも成彰がしてくれる。

自分が食べるついでだし、トーストと卵——その日によって、ハムエッグだったり、スクランブルエッグだったりいろいろだが——にコーヒーという簡単なものだから気にするなと言ってくれる。

もちろん、簡単なものというなら眞幸が代わりに作ると言ったのだが、

「治りかけている時に無理をするな」

と即座に却下された。

夕食も、一緒に食べることができる時は、基本的に成彰がメインで調理し、眞幸は手伝う程度だ。

一緒に食べられない時には、眞幸を会社まで迎えに来る時にどこかで弁当――それだって、コンビニエンスストアやリーズナブルな弁当専門店ではなくて、成彰が行きつけにしている店で特別に持ち帰りにしてもらったようなもの――を用意して、車を降りる時に渡してくれる。

とにかく、甘やかされ放題になってるなと眞幸は自戒するのだが、成彰にはその自覚がないというか、今、眞幸にしている程度のことは「甘やかす」うちに入っていないらしい。

――先輩の「甘やかす」はどんなことをいうんだろう……。

そんなことを考えながら、眞幸は成彰が車を降りる時に渡してくれたテイクアウトの夕食を食べる。

今夜は成彰がテイクアウトを頼むローテーションの中に入っているという中華の店の詰め合わせだった。

それをおいしく食べ終えた頃、一史がエントランスに来たと連絡があった。先日来た時に借

りた本の一部を返すのと同時に、別の本を借りに来たのだ。

そのことは直接、一史から成彰に連絡が入っていて——成彰は詳しく言わなかったが、この二週間で一史とは何度かやり取りをしている様子だった——承諾を得てあり、眞幸は成彰が準備しておいてくれた本を一史に渡しただけだ。

部屋まで来るかと聞いたのだが、そうすると長居をしそうだからと言うので、眞幸がエントランスまで本を持っていった。

本を渡すと、

「マジ助かった……。卒論で使う資料って他の奴と被ること多いから、全然返却されてこなくて。卒論でしか使わないし、値段的にもイタいから、ダメ元で持ってませんかって聞いたら、あるから貸すって言ってくれた時は電話越しに後光感じた」

一史は本気で助かった、といった様子を見せる。

「よかったね。卒論、大変？」

「んー、体裁だけ整えたそれなりのものでごまかそうと思えばごまかせると思うんだけど、納得できる仕上げにしたいって欲望もあって、その兼ね合いかな」

一史はそう言った後、

「牧野さんってあれだよね。大学時代に起業しちゃうような人って、やっぱどこか違うんだろうなって思ったけど、実際会ったら、存在感自体が違うわ。知識の分野がめっちゃ広い。けど、勉強だけしてきましたって感じじゃ全然なくて……洗練された野獣みたいな感じ」

成彰の印象を感慨深げに言った。

洗練と野獣という、相反するような言葉だが、眞幸はうまいことを言うなと思った。

確かに成彰は、高い知性や教養を感じるのと同時に、肉食獣の獰猛《どうもう》さのようなものも持ち合わせている。

「じゃあ、牧野さんにありがたく借りていきますって、お礼言っといて」

「分かった。一くん、気をつけて帰ってね」

眞幸の言葉に、一史は軽く手を上げて、エントランスを出ていった。

そして部屋に戻った眞幸が、借りている客間で持ち帰った仕事をしていると、一時間ほどして玄関のドアが開く音がした。

その音に仕事を中断して、眞幸は出迎えに行く。

「先輩、おかえりなさい」

眞幸が顔を見せると、成彰は優しく微笑む。

「ただいま」

成彰の許で世話になるようになってから、眞幸はできるだけ成彰の帰宅を出迎えするようにしている。

別にそうしなければいけないと思っているわけではないし、成彰からそうしてほしいと言われたわけでもない。

なんとなく始めただけの行為だったが、子供の頃からこんなふうに誰かを出迎えたことは、眞幸にはなかった。

母親が生きていた頃は、父親の帰宅は遅かったし、再婚してからの出迎えは朋加たちの役目で、眞幸は部屋で父親が様子を見に来ない限りは、顔を合わせることもなかった。

そのまま高校で寮に入り、卒業後はすぐに一人暮らしを始めたので、「誰かの帰りを待つ」ことも、「誰かを出迎える」ことも、初めてに近い経験だった。

そんな、世間ではごく普通にあるだろうことが、眞幸にとっては特別だ。

それと同じように、眞幸にとっては、成彰も特別だ。

「今日は、意外と早かったんですね。接待だって聞いてたから、もう少し遅くなるかと思ってました」

眞幸が言うと、成彰は、

「接待を受ける側だったんだが、俺が主でいなくてもいい席だったからな。一件目が終わったところで帰ってきた。眞幸は、何をしてたんだ？」

と、聞いてくる。

「ご飯を食べて、少し仕事をしてました」

「仕事中だったたか。わざわざ出迎えに来てくれたんだな」

成彰は軽く、子供を褒めるように眞幸の頭を撫でて、

「仕事が一段落したら、リビングでお茶でも飲まないか？」

「そうですね。あと十分ほどで処理が終わるので……」

「じゃあ、その間に俺は着替えてこよう」

そう言うと、自分の寝室へと向かっていく。眞幸は客間に戻り、中断していた作業をキリのいいところまですませてパソコンを閉じる。

データの処理の後の集計などがまだ残っているが、今日は金曜だ。

急がなくても明日も明後日もある。

眞幸がリビングに向かうと、すでに成彰がいて、紅茶が準備されていた。

「すみません、お茶の準備までしてもらって」

「いや、俺が誘ったからな。勝手に紅茶にしたが、よかったか？」

「はい、ありがとうございます」

礼を言い、自分のお茶が準備されている成彰の向かい、三人掛けのソファーの真ん中に腰を下ろす。

「あ、一くんが来て、本ありがとうございますって。電話越しに先輩に後光を感じたって言ってましたよ」

笑って伝えると、

「勉強熱心な学生は、無条件に応援してやりたくなるからな。役に立ったなら幸いだ」

「一くんは、昔っから、何にでも全力って感じだったので。英語も、海外に行った時に普通に買い物とかを一人で楽しみたいって思って、それから必死で頑張ったって」

「やれと言われてやるより、目的があってやる方が、身にはつきやすいからな。……そういえば、今日、接待先で野崎《のざき》に会った」

思い出したように成彰が言う。

「野崎くん……懐かしい…。卒業してから会ってなくて」

眞幸の同級生で、いつもではないが、帰省せず寮に残っていることもわりと多くあった生徒だ。彼も、成彰の別荘に泊まったことがある。

「確か、アメリカの大学に……」

「ああ。そのまま向こうで就職して、日本法人の立ち上げで戻ってきたらしい。体がアメリカンサイズになってたぞ」

笑う成彰の様子から、筋骨隆々になったわけではなく、貫禄が付いた、という意味の方だと分かった。

「太りそうな感じじゃなかったのに……やっぱりアメリカの食事って、凄いんですね」

「まあ…そうだな。二週間の出張で、気にせずに食べていたら二キロはカタい」

「二キロ…」

「『フライドポテトはポテトが野菜だからサラダ』って感覚だからな。映画館のポップコーンや飲み物でも、一番小さいサイズで日本の感覚だと二人分かってくらいだ。まあ、眞幸は一カ月ほど行って、ちょっと肉をつけてきた方がいいかもしれないが」

「胸やけして食べられなくなって、痩せて帰ってきそうです」

「それもあり得るな」

成彰はそう言ってから、ソファーから立ち上がった。

「アルバムがあったはずだ。取ってこよう」

そのまま書斎として使っている部屋に向かい、ややしてから二冊ほどのアルバムを手に戻ってきた。

そして、眞幸の隣に腰を下ろすと、アルバムを開いた。

「懐かしいぞ、見てみろ」

そこには、高校生だった自分たちの写真が貼られていた。

「うわ、本当に懐かしい……」

「こうして見ると、眞幸はまったく変わってないと思ったが、それなりに男っぽくなったんだな。輪郭がしっかりして……。まあ、今でも男くささとは無縁だが」

「それは、褒められてるのかどうかよく分からないですけど……この頃、ぺらっぺらですよね、僕」

骨格も今より華奢で、あの頃はみんなに「ちゃんと食べろ」とよく言われていたが、小柄な自分へのネタのようなものだととらえていた。

だが、もしかしたら、みんな本気で心配してくれていたのかもしれない。

「野崎はこれだな……。もう、こんなスレンダーな姿は永遠に見られないかもしれないぞ」

今日会ったという眞幸の同級生の姿を思い返しながら成彰は言う。

「そんなにですか？」

「プラス三十はあるだろうな」

「三桁目前ですね」

「同じ三桁目前でも、その組成が問題だからな。筋肉ならいいが、ほぼ脂身だぞ。牛なら、いい霜降り具合だろうな」

「牛なら最大級の褒め言葉なのに……」

眞幸は笑いながら、ページを繰《く》る。

「先輩も、やっぱり若いですね」

ソファーに座って、眞幸とチェスをしている写真があった。

「そりゃそうだ。ピッチピチの二十代だぞ？」

「今の僕と……そんなに変わらないんですよね、この頃の先輩って」

写真に目をやったまま呟いた眞幸に、

「そうだな……今から八年前か。二十六だな」

「僕が今、二十五だから……なんか、全然違う。多分、僕がしっかりしてなさすぎなんだと思うんですけど、先輩ってもう、とんでもなく大人で……なんでもできて、凄い人で……。僕も、大人になったら先輩みたいになれるのかなって思ってたけど……」

成彰に比べると、小さな世界で起こる小さな出来事に右往左往して、まるで箱庭の迷路の中で迷い続ける鼠《ねずみ》みたいだと思った。

「眞幸にそう感じてもらえてたなら、俺の作戦はそこそこいい線行ってたと思っていいみたいだな」

成彰が少し笑いながら言う。

「作戦？」

「ああ。眞幸を懐柔して、俺のことをいい人だと刷り込んで、俺に頼りきりになってくれるようにって、ずっと思ってた」

成彰の言葉に、眞幸は苦笑いした。

「わりと思った通りになってるんじゃないですか？」

実際、そうだ。

今だって、成彰に守られて、頼りきっている。

だが、成彰は頭を横に振った。

「いや、思った以上に自立心旺盛なお姫様だったから手間取ってるよ。……就職の時も、頼ってもらえるかと思っていたが、まったくだったからな」

笑ってそう言ってから、

「時計台の窓辺にいる眞幸を見た時から、いつかは自分のものにして、側に置きたいと思っていた。だが、なかなか眞幸は俺の気持ちに感付きもしない。それはそれでいいかと、思いかけていたんだ。眞幸が一番に頼ってくるのは俺だと、自負していたからな。一番頼りにされている、そのことを利用して、眞幸に近づく女にはアレコレ難癖つけて排除して、独身貴族を二人で貫くのもいいかと思ってた」

冗談めかしながら続けた。

「……先輩は、結婚しないつもりなんですか?」

「おまえが『うん』と言わないなら、そうなるだろう?」

純粋な眞幸の問いに返ってきたのはそんな言葉で、眞幸はどう返事をすればいいのか分からなくなる。

「ヘタに色恋を口にして、関係が壊れるくらいならそれでいいと思っていたんだ。だが、沢口の店に行った時、俺が思っているほど、眞幸にとって俺は特別じゃないんじゃないかと思って、焦った。ＯＢは全員おまえにとって『いい先輩』なんじゃないかとな」

「そんなわけ、ないです」

眞幸の返事に、ただ成彰は笑う。

「……今の、いろいろ弱ってる状態の眞幸に聞くのもどうかと思うが、眞幸は俺のことをどう思ってる？」

笑いながら、けれど真剣な目で成彰は聞いた。

「どう、と言われても……。なんて答えたらいいのか……いろいろ、あって」

戸惑いながら言う眞幸に、

「そのいろいろを全部、聞かせてくれ」

成彰は促す。

眞幸はどうしようかと迷って、しかし、口を開いた。

「高校生の時は……先輩は頼っていい唯一の大人の人っていう感じでした。それは、今も変わってません。いつも僕が迷った時に、さっと手を掴んで、安全な場所へ連れていってくれる。憧れて、尊敬してて……。もちろん、尊敬できるＯＢの人はたくさんいるけど……先輩は、特別です。その先輩からこの前、恋愛的な意味で好きだって言われて、戸惑ったことは確かです。考えてもなかったし、先輩が僕なんかをって、そういう気持ちも強くて。でも、言われたことが嫌だったとか、そういうのではないです」

「今、こうして一緒にいるのは？」

「それも、嫌じゃないっていうか、一緒にいるのも、普通のことになってきちゃってる感じがするっていうか……。もし、先輩じゃなかったら、こうしてお世話になるってこともなかったと思います」

仮に川崎から申し出があっても、きっと断っただろう。

川崎が嫌だとかそういうわけではないが、やはり、成彰とは違うのだ。

眞幸がそう答えると、成彰の手がそっと眞幸の頬《ほほ》に触れてきた。

「触れられるのは、嫌じゃないか？」

「別に、大丈夫です」

そう言うと、まるで遊ぶように手が伸びてきた。頬に触れるのが手のひら全体になり、それからムニムニと頬を揉《も》むようにされる。

「……頬袋には、何も入れてないです」

笑って眞幸が答えると、

「まさかのハムスターに擬態」

成彰はからかうようにもう片方の手も眞幸の反対側の頬に伸ばしてくる。

「もう先輩、ほっぺたの皮が伸びるじゃないですか」

眞幸も反撃とばかりに成彰の顔に手を伸ばすが、背の高さが違うと腕の長さも違う。

そのため、眞幸の指先がギリギリ成彰の顔に触れるくらいで、それに躍起になって何とかしようとしているうちにソファーの上で揉み合う形になり、眞幸は完全に押し倒されてしまった。

ちょっとしたじゃれ合いなのに息が上がって、子供みたいにムキになったのがおかしくて笑っていると、成彰も同じように感じていたのか笑う。

「は……ぁ……おかし…」

上がった息の合間に呟いた眞幸に、成彰はそっと覆いかぶさるようにしてきて、そのまま口づけてきた。

重なった唇の感触は妙に現実味がなかったが、唇を割り、歯列を割って舌が入り込んでくると、眞幸の体が小さく震えた。

その震えを、宥《なだ》めるように成彰の手が眞幸の髪を撫でる。

子供にするような優しい手の動きと、舌を絡めて深く口づけてくる本気の大人の口づけに、眞幸はいいように翻弄《ほんろう》されて、されるがままになるしかない。

思考が半分溶けたようになった頃、ようやく口づけから解放されて、眞幸はぼんやりとした視線で成彰を見る。その視線に、

「頼むから、少しくらいは抵抗しろ」

成彰は苦笑して言う。だが、眞幸は、

「……抵抗…、しなきゃいけないなんて、思いつきませんでした」

ぼんやりとした眼差しのままで、呟くように言う。

それに、成彰は眉根を寄せた。

「おまえ、タチが悪いぞ」

「え…？」

「俺の理性を吹き飛ばしにかかってるだろう」

成彰はそう言うと、眞幸の上からどいた。そして、ソファーから立ち上がると、眞幸の方へと右手を差し出した。

「おまえのことが好きだ。大事にしたいと思うのと同時に、何もかもを奪って俺のものにしたいとも思っている。……もし、おまえにその気があるなら、手を取れ」

それがどういう意味か分からないほど、頭が動いていないわけではなかった。

成彰の手を取ったら、どうなるのかくらいは分かる。

分かっていて、眞幸は自分の手を伸ばして、成彰の手の上に置いた。

「……おまえ…」

長い息と共に呟くように成彰は言った後、手を引いて、立ち上がるように促す。

「俺の理性が働いてる間に、ベッドに行くぞ。……思いなおすなら、そこに行くまでの間だ」

眞幸はそれに頷いて、促されたままに立ち上がった。


成彰の寝室には、何度か入ったことがある。

ダブルサイズのベッドと間接照明とシステムオーディオが置かれたローボードがある程度ですっきりした部屋だ。

間接照明を、ごく小さくつけたほの暗い部屋のベッドの上に押し倒された眞幸は、まだ少し靄《もや》がかかったような感覚で成彰を見た。

「本当にいいんだな？」

最後の意思確認をするように成彰は聞いてくる。

「…せんぱい、だから」

告げた眞幸の唇は、あっという間に、また口づけでふさがれた。

ソファーの時よりも乱暴で、すべてを奪いつくすような口づけに、眞幸は翻弄される。呼吸のタイミングすら分からなくて、息が上がった。

なんとか息を継ぐ間を掴もうと、それればかり考えているうちに、成彰の手がシャツのボタンをすべて外し、じかに肌に触れてきた。

脇腹を撫で上げた手が、そのまま胸まで伸びて、ほとんど肉のない胸を揉むようにして動き始める。

その感触がくすぐったくて、余計に息が乱れてしまう。

眞幸のその様子に、成彰はゆっくりと唇を離した。

「眞幸……初めて、か？」

「……？」

成彰が何か聞いたことだけは分かったが、息を継ぐのに必死で、眞幸は何を言われたのかが分からなかった。

「セックスの経験の有無を聞いたんだが」

はっきりと言葉にされて、眞幸は羞恥《しゅうち》を覚える。

「な…んで、そんなこと」

「反応が可愛すぎるからな。いや、一度、誰かと付き合っていたことはあったな」

思い出したように成彰は言う。

確かに、交際経験はある。

大学生の時に知り合った、年上の女性だ。

半年ほど付き合って、自然消滅になったが、その時に一応、経験はある。

経験はあるが、数えられる範囲の乏しいものだ。

「ない、わけじゃ……ない、です」

「ないに等しい経験か。まあ、どちらにしても、こっちの立場になるのは初めてだな」

それまで、女性経験の有無に関してはあまり気にしたことがなかったのだが、経験の乏しさがなんとなく恥ずかしくなって、つい、

「先輩、は……どうなんですか」

聞いてしまったが、聞くまでもなかったことに、すぐに気付いた。

「まあ、そうだな……それなりにとだけ言っておく。それなりがどれなりなのかは、眞幸が身をもって感じてくれればいい」

そう言うと、また口づけが降ってくる。

だが、今度は触れただけで、唇はそのまま首筋へと伝い、そして鎖骨に甘く歯を立てた後、反対側の胸へと向かった。

そして、薄い胸の上でささやかに存在を示す尖りへと吸いつく。

「あ……っ」

唇に囚われた尖りは、舌先で優しく何度も舐《な》められたかと思えば、次は甘く歯を立てられる。もう片方は指先でつまみ上げられたり、胸全体を揉まれたりして、その間に腰に響くような感覚が走り始めた。

「ぁ……、あっ、まって…、あっ、あ」

戸惑いの混ざる甘い声を上げながら、眞幸は成彰を引き離そうと、手を伸ばした。

だが、指先からは力が抜けてしまって、成彰の頭に手を置いただけで終わってしまう。

「んっ…あっ、あ……ぁっ、あ」

眞幸の反応に、胸をいたぶる舌先の動きは止まらなかった。余計にいたぶるように淫《みだ》らに舐められ、そしてもう片方を嬲《なぶ》っていた手は、そのまま下肢へと向かい、眞幸が穿《は》いていたパンツの布越しに眞幸自身へと触れるとそのまま揉みしだいてくる。

「ふ、あ、あぁぁっ　ぁ、だめ、やっ、ゃ、あっあ！」

胸と自身を同時にいたぶられて、眞幸の背が弓なりに反る。

腰をよじって逃げようとしたが、まるでそのことに罰でも与えるように、乳首に歯を立てられ、自身も強く揉み上げられた。

「ぁっ、あっ、い、……く、あぁっ、ぁっ、だめっ、あっあっぁぁ、……！」

眞幸の腰がビクンと跳ねて、その後びくびくと震える。

濡れた感触が下肢に広がる間も成彰の手を動きは止まらず、生温かく粘ついた感触がまとわりついた。

「ん……っぁ、だめ、いま、や…だめ、あっ、あっ」

達している最中に刺激を与えられると、悦《よ》すぎてつらい。

逃げを打とうとしても、完全に押さえ込まれていて、眞幸は与えられる濃い愉悦に体を震わせるしかできなくなる。

「あっ…ぁ！　あっあっ、やだ、や！　せん、ぱ……だめ、あっ、あ」

泣き声交じりの言葉で訴える眞幸を、もう一度ダメ押しのように強く刺激を与えてからようやく成彰は下肢から手を離し、胸からも唇を離した。

強い刺激がようやくやんで、絶頂の余韻に体をヒクつかせ、荒く息を継ぐ眞幸の様子を成彰は嬉しそうに見下ろす。

「そんな可愛い顔をするな……」

歯止めが利かなくなる、と呟くように言って、成彰は眞幸の下肢に再び手を伸ばした。

「……っ…だめ、ぃま、やだ……」

制止する眞幸の声など聞かず、成彰は眞幸のパンツの前ボタンを外すと、片方の手で眞幸の腰の下に手を入れて浮かせ、もう片方の手で下着ごと引き下ろした。

「……！」

濡れた下肢が露わになり、眞幸はそこに手を伸ばし、隠そうとする。

成彰は眞幸の脚からパンツと下着を抜き去ると、眞幸の手に自分の手を重ね、そこを上から愛撫《あいぶ》してくる。

「せん…ぱい……っ」

「どうした？」

淫らな愛撫をしかけたまま、涼しい顔で聞いてくる成彰を睨《にら》みつけたいのに、絶頂の余韻が冷めない体は、何かを言うどころではなくなってしまう。

「っ！　っぁ…あっ！　あ！　…っぁ、あ！」

自分の手の中でどんどん自身が形を変えていく生々しさに、眞幸は手を離してしまいたいのに重なる成彰の手がそれを許さない。

そのうち新たな蜜が溢《あふ》れだし、さらに手を汚していく。

「んっ、…っ…あ、あ……っ」

ぐちゅ、と濡れた水音が響いていたたまれない気分になるのに、気持ちがよくて、声が抑えられない。

そんな眞幸の耳元に、成彰は唇を寄せた。

「可愛い顔をして……」

「や……っ、それ、や……、だめ…だめ……！」

再び熱を孕《はら》んで形を変え、眞幸の手のすき間から出てしまった眞幸自身の先端を、成彰の指が強く擦《こす》り立ててくる。

「ん、ぁっ、……っ、だ、め……」

体がどうにかなってしまいそうで、眞幸は片方の腕で成彰の背に手を回してシャツにしがみつき、悶《もだ》える。甘い責め苦を与えているのが成彰だというのに。

「おまえはさっき、俺を頼っていい唯一の大人だと言ったが……悪い大人に捕まったな」

成彰は耳に吹き込むようにして囁《ささや》きながら、眞幸の先端をクチクチと指の先で揉み、そして不意に蜜孔を指の腹で押してくる。

「んんっ、あっ、あ」

蜜がトプトプと溢れ出るのが分かる。

ぬちゅぬちゅと淫らな音がして、それと同時に体は快感に犯されて、眞幸は体を震わせた。

「ぁっ、あっ、だめっ、あっぁっ……」

「もう、イきそうだろう？　好きな時にイっていいんだぞ」

耳元でそそのかす声に、眞幸の中で何かが決壊した。

「ふ…っ…ぁあっあ――ッ！　……っ！　ぁっ！」

シーツを掻くように眞幸のつま先がピンと伸び、体が強張る。それに僅かに遅れて眞幸自身が二度目の蜜を噴き出した。

「あ…ぁ、あっ、ああ、あ」

体をカタカタと震わせ、あえかな声を漏らし、眞幸は絶頂を味わう。

成彰は眞幸を煽る動きは見せず、眞幸が達しきる様を堪能するように見つめる。そして眞幸の体の震えが治まるのを待って一度体を離し、自分が纏っていた服を脱ぎ捨てる。

その気配を感じてはいたが、二度の絶頂――それも、自分でしていた処理にすぎない拙《つたな》いものとはまったく違う、濃い愉悦――の後では、いろいろなことがどうでもよくなってしまって、目を閉じたままになっていた。

その中、少しして成彰は眞幸の顔を覗き込んだ。

「まさか、トんでないだろうな？」

「……ぇ…？」

何を言われたのかと思って目を開けると、成彰は手に見たことのある青いプラスチックボトルを持っていた。

ドラッグストアで普通に置いてあるボディ用の乳液だ。

なんのために？　と思っていると、成彰はその中身を左の手のひらに出した。そしてボトルをベッドヘッドへと戻す。

「半分くらいトんでいた方が楽だが…寝るなよ。まあ、眠れたらそれはそれで凄いと思うが」

何を言ってるんだろう？　と眞幸がぼんやりと思っていると、成彰は手のひらに出した乳液を右手の指にたっぷりと取った。

そして、しどけなく開いたままになっていた眞幸の両脚の付け根にある蕾《つぼみ》にその指を押し当てた。

「あ……」

眞幸の眉根が寄る。それと同時にこの後、成彰がしようとしていることに気付いた。

「説明は必要か？」

からかうように成彰が言う。眞幸は小さく頭を横に振った。

思春期の三年間を男子校の寮で過ごせば、その手の話題は、詳細でなくとも耳に入るものだし、声高に宣言はせずとも、いわゆるカップルになっている生徒もいた。

だから、男同士でどこを使うのか、という程度の知識は眞幸にもあった。

「そのまま、力を抜いていろよ」

成彰が言ったが、言われなくとも、絶頂の後で力は抜けたままで、満足に動けもしない。

成彰の指が一本、眞幸の中へと入り込んできた。

乳液の滑りと、力が抜けているおかげでか、不思議なほど痛みはなかったが、なんともいえない違和感があった。

「痛くはないか？」

「…痛くはない、けど……変な感じです」

「痛くないならいい。少し動かすぞ」

宣言してから、ゆっくりと成彰の指が体の中を探るようにして動き始める。

ぐちゅ、くちゅっと指に塗りたくられた乳液が水音を立てる。

指の根元まで埋めると、少し指先を曲げて掻きまわし、肉襞を引っかくようにしてくる。

男のソレをそこで受け入れるには、慣らす必要があるというのは分かるし、実際それでできるようになるらしい。

とはいえ、自分ができるのかどうかは謎だが、そこは考えないことにした。

そのうち指が二本に増えて、さすがに圧迫感はあったが、痛みはなかった。

「平気か」

「…ん……はい」

気持ちいいわけではないが温《ぬる》い動きに安心しきって、眞幸の体は完全に緩む。

そんな眞幸の中の一部分を、成彰は指の腹で押し始めた。

違和感とは違う別の感覚があったが、それが何かまでは分からなかった。だが、特に問題はなさそうで、眞幸はされるがままになっていたが、問題なく中がほぐれたのを感じたのか、成彰は指の動きを少しずつ大きく、強いものにした。

「ん、んぅっ、…ぅ、ぁ」

中をいいように掻きまわしたり、優しく撫でたり、引っかかれたりされて、与えられる様々な刺激に声が漏れる。

けれど、気持ちがいいわけでも悪いわけでもなかった。

ただ、時々、妙な感覚が走る場所があった。

その場所をまた、指先で強く押されて、眞幸の中がきゅっと締まった。

「ここ、だな」

何が？　と眞幸は思ったが、成彰は薄い笑みを浮かべて、あの奇妙な感覚のする場所に指を押し当てると、そこばかりを執拗《しつよう》に嬲り始めた。

何か、そこだけ小さなしこりのようなものがあるのが分かった。

「……な、に……？」

問う声に返事はなく、くち、くちゅくちゅくちゅ、と淫らな音を立てて、さっきよりも強さを増した動きでそこをいじってくる。

「…ぁ…」

甘い吐息が眞幸の唇から漏れる。それをもっと引き出そうとするように、成彰の指はそのしこりを抉《えぐ》ってきた。

「や…、だめ、それ……や…」

さっきから湧き起こっていた奇妙な感覚が何か、眞幸は理解した。

そこをいじられるたびに、腹の底の方でじわじわとした何かがあったが、それは明らかに愉悦だった。

「だめ…だめ、へん……、からだ、へん…」

じわじわと広がった熱が、全身へと広がり始めて、眞幸は焦る。

そんなところで、感じてしまうなんて、自分の体がおかしいとしか思えなかった。

「だめ、せんぱ……っ、あっ、やっ、や……」

心はダメだと言っているのに、体はどんどん蕩《とろ》けて、成彰の指を締めつけるようにして内壁がうごめいているのが分かる。

「後ろで感じられるいい子な体だ」

「よく、な…っ…あっ、だめ、んっ、あ、あ……っ、ぁ、あっ」

眞幸の制止など、成彰はまったく聞く気がないらしく、さらに強くシコリをゴリゴリと音がしそうなほど、抉り上げてきた。

　その刺激に、眞幸の腰がびくびくと震えた。

「ん、ゃ、あぁ……やめ、あっ、あ！」

　体の中のヒクつきが止まらなくて、眞幸は自分の体がどうなったのか分からなくて、甘い悲鳴を上げる。

「大丈夫だ…気持ちいいだけ、そうだろう？」

「っ……や、…っああっ、…ぉかし……中、ヘン、あっ、ああ、だめ、そっち、だめ」

　切羽詰まった声になったのは、成彰のもう片方の手が、眞幸自身に伸びたからだ。

　二度達した後、触れられていなかったはずのそこはいつの間にかまた熱を孕んで、残滓《ざんし》とも新たな蜜ともつかない液を漏らしていた。

「後ろで気持ちよくなれるいい体だな。ほら、もう一度、イっていいぞ」

　言葉と同時に体の中と自身を一緒に愛撫されて、眞幸はひとたまりもなかった。

「んん、…っ嫌、やだ、あっあぁぁ……っ、あ、でちゃ…っ、あっ、あっ、あ！」

　かたかたと体が小さく震えて、それからガクンっと大きく痙攣《けいれん》した。眞幸自身が弾けて蜜を噴いたが、すでに二度達しているせいか、量も少なく、粘性の低いものだった。

　だが、成彰の指を咥《くわ》え込んだ後ろはびくびくと痙攣を続けて、締めつける。

「上手にイけたな、いい子だ」

褒美を与えるように、中の指を少し揺らしてくる。それだけで、また体が大きく震えたが、成彰はそこから指を引き抜いていった。

「ぁ…、ぁ、…っ…ん、ん……」

甘い責め苦から解放されて、眞幸は鼻から抜けるような甘い声を漏らす。

立て続けに与えられた絶頂に、体からは完全に力が抜けて、初めての悦楽に表情もどこか溶けているように見える。

それでも浅ましさはなく、手折《たお》られた花の風情を思わせた。

その眞幸の姿を満足そうに見つめ、成彰は眞幸の脚を大きく開かせると、片方の腕で眞幸の腰を抱えて上げさせ、腰の下に枕を入れ込んだ。

すべてを晒《さら》すような体勢に眞幸は眉根を寄せたが、力の抜けきった体ではどうすることもできない。

そんな眞幸の脚を成彰は両腕でしっかりと抱え込むと、食《は》むものを失ってヒクついている眞幸の後ろに猛った自身の先端を押し当てた。

「ん……っ…」

触れただけの感触にも、眞幸の肌が粟立《あわだ》ち、声が漏れる。

だが、成彰はそこに自身を擦りつけて煽りはするが、挿入しようとはしなかった。

「…っ…ゃ、あ」

指で弄《もてあそ》ばれた後ろは、同じ刺激を欲しがって焦れるようにヒクつく。

だが、与えてくれるはずのそれが入ってこなくて、ねだるような声が漏れた。

「眞幸」

囁く声と共に、ほんの少し中に入り込もうとして、そこが押し開かれる。

指よりも圧倒的に大きなそれの感触に、僅かに残った理性は恐怖を伝えてくるのに、熟《う》れきった内壁は受け入れようと、奥でうねった。

だが、成彰は中途半端に押し開いた後、腰を引いた。

「……っ…せん、ぱぃ…」

どうして、と言外に告げて、眞幸が成彰を呼ぶ。

「悪いな…おまえが可愛すぎて、つい、いじめたくなる。……だが、俺もそろそろ限界だ」

成彰はそう言うと、再び自身を中へと突き入れてきた。押し開かれる感触は想像以上で、体に力は入らないものの、息が詰まる。

「ぅ…あ、あ」

「大丈夫、うまく呑み込んでる」

「あ…ぁっ、あ、だめ、むり、おおき、すぎる…むり」

間接照明も暗かったし、何より余裕がなくて、成彰のソレを見ることはなかった。

だから正確な大きさは分からないが、とうに指で広げられた大きさは超えてしまっていて、怖い。

「もう少し……」

まだ、これ以上の太さがあるのだろうかと眞幸の眉根が強く寄る。そしてほんの少し成彰が腰を強めに押しつけた瞬間、とうとう限界を越えたような感じがあって、そして少しだけ楽になった。

「……頑張ったな、先が入ったぞ」

「さ、き……」

「ここさえ入れれば、後はどうにでもなる」

成彰はそんなことを言うが、とてもそうは思えなかった。

中もめいっぱい広がっていて、ぎちぎちで、苦しくて、どうにもならない気がするのだ。

それなのに、肉襞が与えられたそれにヤワヤワと絡みつくようにうごめき始め、眞幸は自分の反応に困惑する。

「ぁあ…あっ、なん、で」

「ちゃんとキモチイイことを覚えてるいい子だな。もう少し、奥まで入れるぞ」

言葉と共にずぐっと成彰のそれが入り込んできた。

その瞬間、眞幸の背が弓なりに反った。

「や……、ぁっ！　だめ、そこ……だ、め……っ」

指で弄ばれたあのシコリを、先端でとらえられて、そのまま小刻みな律動で揉みくちゃにされる。

「ぁっ…あっ────‼　…っ…、っ、ン、ァ……ッ…」

襲いかかる悦楽に、まともな声が出ない。

「あっ、あ……ぁ、……っ…！」

弱い場所を何度も擦り上げながら、成彰は少しずつ奥へと自身を進めていく。

指では到底届かなかった奥まで犯されて、眞幸は無意識に逃げを打ちずり上がろうとするが、しっかりと腰を抱え込まれていては、意味がなかった。

むしろずり上がろうとした分、引き戻されて、さらに奥まで咥え込まされる。

「やっあ……、あっ、ぁ…無理、も…ぃっぱい……」

限界を消え入りそうな声で告げる眞幸に、

「……今は、そうだな」

成彰は言って、ゆっくりと腰を引いていく。

だが、ぎちぎちになった中は、ほんの少しの動きでもとんでもない刺激を生み出して、眞幸は何をどうされても感じてしまって仕方がなかった。

「あっ、あ、だめ、や……だ、中、や……っ」

気持ちがよくて仕方がない。

「ダメになればいい」

成彰は眞幸の弱い場所をことさら強く嬲るようにしながら、奥までを大きく重い動きで何度も抽挿《ちゅうそう》する。

内壁がきゅうきゅうと成彰を締めつけて、どんどんと悦楽が強くなる。積み重なる刺激に、眞幸の中が不自然な痙攣を始めた。

「っ！　あっ、ぁ……へ、ん……、ゃ…な、か、あっあ！」

自分の体なのに、どうなったのか分からない。

ただ気持ちがよくて、その気持ちよさの向こうに無理矢理飛ばされそうで、その先が分からなくて怖い。

「ぁっあ、なんか……くる…、あっ、あ。だめ、それだめ、だめ」

痙攣する内壁の中、抉り上げるような動きで弱い場所を突き上げられた瞬間、眞幸の体が大きく痙攣した。

「あっあああ……あっ、ああっあ……」

多分、達しだのだと思う。

腕や脚が意味もなく跳ねて、頭が少しずつ真っ白になる。

だが、そんな眞幸の中で、まだ成彰は暴れまわり、さらに強い刺激を与えてくるのだ。

「ふ……ぁっ、あ、だめ、イって…今、あっ、あ」

何度も腰が震えて、絶頂が繰り返しやって来る。

果てなく襲ってくる深い愉悦に、眞幸は恐怖さえ覚えた。

「だめ、も……ぉね、がい、だめ、だめ」

もうむり、いけない、と言葉にならない声で告げる。

「ああ、俺も、そろそろ……」

成彰は少し切羽詰まったような声で言うと、眞幸の腰を抱えなおした。

そして、際まで自身を引くと、そのまま一気に奥まで押し込んだ。

「——っ！」

押し殺したような成彰の声がして、眞幸の中で飛沫が撒き散らされる。

「ぁ……あっ、あ、あ」

体の中に精液を注がれる感触に、眞幸の唇がわななくように震える。

「全部、飲み込んでくれ……」

囁きながら緩やかな抽挿を繰り返して、残滓まですべてを注ぎ込んでくるその動きに、達したばかりの眞幸の体がまた震え始めるが、もう、そこが限界だった。

「……っ…せん…」

先輩、と言おうとしたのに、突然、頭の中が真っ白になって、眞幸はそのまま意識を飛ばした。

「眞幸、食事を持ってきたぞ」

成彰の声が、ベッドの中で蓑虫《みのむし》化している眞幸の耳に届く。

だが、眞幸は返事もせず、蓑虫を決め込んだ。

「眞幸、後でまた寝ていいから、とりあえず、一度起きて、水分だけでも取れ」

蓑虫眞幸から布団をはぎ取ろうとしながら、成彰は言う。

抵抗しようとしたが、思うように体が動かなくて、あっさり布団をはぎ取られた。

「……寝てたのに、酷い」

恨みがましく、けれど、成彰の顔を見ずに、眞幸は言う。

顔を見ない理由は一つ。

恥ずかしいからだ。

「後で思う存分寝かせてやるから、今だけ少し起きろ。体を起こすぞ」

優しく抱えるようにして、体を起こされる。だが、今は体を自力で起こしているのもつらくて、すぐに体勢が崩れそうになる。そんな眞幸の体の前にクッションを幾つか積んで、そこに寄りかかるようにさせてから、成彰はベッドに上がり、眞幸の後ろに腰を下ろす。そして眞幸が寄りかかるクッションを今度は眞幸と自分の間に挟み込んで背もたれにした。

「こんなもんでどうだ？」

「……わるく、ないです……」

答える声も嗄《か》れていて、それが恥ずかしい。

「ならよかった。コーンポタージュスープと、スムージー、それからパンを持ってきた。どれにする？」

「……スープ、いただきます」

眞幸が言うと、脇に置いたトレイからスープ皿を手に取る。眞幸はスプーンを手に取ろうとしたが、それより早く成彰がスプーンを手に取ってすくい、眞幸の口元に運んでくる。

まるで二人羽織りだなと思いながら、口を開いてスープを飲む。

「……おいしい…」

ほっとして、出した声に、

「お姫様のお気に召したようで何よりだよ」

成彰が優しい声で、少し安堵したように言う。

朝、というか、昼近くになって眞幸はようやく起きた。

起きた直後に感じた酷い倦怠感《けんたいかん》と腰奥の痛みに眞幸は昨夜の自分の身に起きたアレコレや、自分が晒した痴態《ちたい》――記憶がある分だけだが――に、とりあえず死にたくなった。

そして、成彰に八つ当たりをした。

八つ当たりというか、正当な当たりだと思う。

初心者相手の所業じゃなかったと思うのだ。

「スープはおいしいけど、まだ許してません」

仏頂面で言う眞幸に、

「はいはい。パンは食べるか？」

成彰は嬉しそうに甲斐甲斐しく世話を焼いてくる。

体を起こすことさえままならないので、当然トイレに自力で行くのも無理で、しかし生理現象を無視はできなくて、抱き上げられてお手洗いに連れていかれ、終わった後、立ち上がれないのだからアレコレすべてを成彰にしてもらい――それも眞幸の不機嫌の元でもある。

不機嫌というか、恥ずかしさから来る八つ当たりなのだが。

それでも、成彰は嬉しそうなので、複雑な気持ちになる。

口元に一口大にされたロールパンが運ばれてきて、それを食べながら、

「……しばらく、しません…」

とりあえず、眞幸は、告げる。

「しばらくって？」

「毎週、こんなことになったら、死んじゃう……」

「今度は手加減する。何しろ、八年もかかって口説き落とした相手だからな、暴走した」

成彰はそんなふうに言うが、

「信用できない」

眞幸はばっさり切り捨てる。

「眞幸」

「先輩、自分のこと悪い大人だって言ってたじゃないですか…。悪い大人の言うことは、信じませんし」

「その辺りの記憶はあるんだな。じゃあ、この後ゆっくりどこまでの記憶があるのか探ろうか?」

笑いながら言ってくる成彰の脚を、眞幸は固めた拳で叩いてみたが、威力はほとんどなくて、それが悔しくて、

「もう、三カ月くらい、しないです」

そう宣言する。

成彰はそんな眞幸をあの手この手で甘やかして、世話を焼きつつ、何とか懐柔しようと画策したのだった。

7

桐賀貿易は、もともと規模がさほど大きい会社ではなかったため、部門縮小とリストラ業務は取りかかって二カ月半で、終わりの目処がついた。

あれからも面接のたびに罵声を浴びせかけられたり、泣きつかれたりということはあったが、身の危険を感じるようなことはなかった。

だからといって、他の社員との間にできた溝が埋まったわけでもなく、眞幸の孤立は変わらなかったが、それも覚悟していたことだ。

嫌がらせをされないだけ、マシだった。

「眞幸、考え事か？」

この日は、成彰に誘われてまた、食事に出かけていた。

成彰の家への居候《いそうろう》は肩が良くなって少ししてから一旦切り上げ、眞幸は今、自分のマンションに戻っている。

成彰は、せっかく恋人になったのに、と不満そうだったが、そういう関係になったからこそ、いろいろとけじめがないのはダメだと思って、眞幸が押し切った。

変わりがないのは、成彰の送迎が続いていることだ。

居候の時は一緒に家を出ればよかったが、眞幸が自分のマンションに戻ったことで、成彰はわざわざ迎えに来ることになった。

さすがに申し訳がなくて、送迎も断ろうとしたのだが、

『今まで家に帰れば眞幸がいて、好きなだけ一緒にいられたんだぞ？　それが同居終了、送迎禁止なんてことになったら、禁断症状が出るから却下だ』

成彰が笑いながら、だが半ば本気で言い、結局甘える形になっている。

平日は送迎だけだが、今日のような週末は何事もなければそのまま一緒に夕食を取り、成彰のマンションで過ごすのが、なんとなく決まったルールだ。

夕食は成彰のマンションで一緒に作って食べることもあるが、今日は出かけた。

以前一度来たことがある、山手にある小さなレストランだ。

オーナー夫妻が手掛けた小さな庭が、昼間はテラス席として、夜はライトアップされ、それぞれに美しい姿を見せて人気だ。今は夏の草花が美しく咲いていた。

その庭をぼんやりと眺めていた眞幸の様子から、何かを感じ取ったのか、成彰が声をかけた。

「あ、すみません。せっかくの……夕食、なのに」

デート、と言いかけて、人前なのが気になって、眞幸は言い替える。それに成彰はふっと笑った。

「気にすることはない。眞幸が大変な時期だってことはちゃんと分かってるからな。……何を

考えてた？」

「考え事ってほどじゃないです……。業務の目処がついて……来週、遅くても再来週には終わるので、いろいろやることがあるなと思って」

いろいろというものの中身には、自分の身の振り方についても当然含まれている。それは言葉にしなくとも成彰には伝わっていた。

「この後のことについて、どう考えてる？」

「……気持ち的には残れないと思ってます。残りたくない、の方が近いのかな。だから、転職は考えてますけど」

そう言った眞幸に成彰は納得したように頷き、

「そうか。じゃあ、俺の嫁だな」

笑って言ってくる。それに眞幸は苦笑したが、

「冗談抜きで、うちの会社に来る気はないか？」

改めて誘われた。

以前から言われていたが、まだ業務の真っただ中で考える余裕がなかったのだ。

だがゴールが見えてきた今、成彰の言葉はやけに現実的に聞こえた。

「ＳＧ28に、ということですか？」

もしそうなら、知っているＯＢも多いし、居心地はよさそうな気もするが、他の社員にして

みれば気分のよくない話かもしれないなとも思う。

だが、成彰は頭を横に振った。

「いや、瀧川の本社だ」

「え……？」

「もう少ししたら、俺は瀧川の本社に入る」

「SGをやめるんですか？」

成彰が瀧川グループの御曹司だということは、この前教えられたので、それ自体はおかしくはないと思う。

だが、SG28にしても、未だ成長を続けている影響力を持った企業だ。そこをやめるというのは、今までそんなそぶりが欠片もなかっただけに、驚きだった。

「もともとSGは長く続けるつもりはなかった。みんな、意思疎通を図ったわけじゃないが、大学を卒業するまでって漠然と思ってた。だが、業績が良すぎて多少スケベ根性が出たのと、サービスの継続を期待されてたから、やめられなかったってところだからな。それに、俺としては『瀧川の御曹司』としてじゃなく築ける人間関係は、将来的に自分が瀧川に戻っても財産になると思ってた。だから、ギリギリのタイミングまでSGに残ってたんだ」

成彰の説明は納得できるものだったが、一箇所だけ、よく分からないところがあった。

「ギリギリのタイミング、ですか？」

「ああ。俺は、親父——今の瀧川社長が四十半ばの時にできた子供だ。親父は最初の結婚では子供に恵まれなかった。その妻と死別後、俺の母親と再婚して、生まれたのが俺だ。親父はもうすぐ八十になる。そろそろ俺が後継者としてグループに戻らないと、いろいろと間に合わないからな」

「八十……、たまにテレビで拝見しますけど、とてもそんな年齢に見えないですよね」

「パワフルだからな。たまに実家に戻って一緒に過ごすことがあるんだが……積もる話がありすぎて、俺が先に寝かせてくれって泣きを言うくらいだ」

どうやら、親子関係はいいらしい。

そこに、眞幸は羨ましさを感じた。

「俺が瀧川に戻るに当たって、気心が知れている人間を連れていきたいと言えばみんな納得する。実際に、俺が戻る時には一つ部署を作ることになっているから、ポストはいくらでもあるんだ」

妙な憶測を呼ぶこともないと言外に言う成彰に、

「ありがとうございます。……もしかしたら、お世話になるかもしれません」

眞幸はそう言ったが、心の中で、もう一つの「もしかしたら」と願っていることがある。

——叶わないかもしれないけれど。

それでも「もしかしたら」、と。

「まあ、さほど急いで返事が欲しいわけじゃない。眞幸もゆっくりする時間はあった方がいいだろうからな」

決して返事を急がせない成彰の優しさに、眞幸は、ありがとうございます、と改めて礼を言った。


事業縮小とリストラの業務は、予定通り翌週のうちに終わった。

あとは期日が来て実行されるだけで、眞幸の仕事はそこで終わった。

そのことを、眞幸は新しく社長になった元専務の飯田《いいだ》に報告した。

「以上になります。部門閉鎖と解雇、および異動は来月末付けですが、有給消化の申請が多数出ていますので、実質、来月半ばには部門閉鎖になると思います」

眞幸の報告に、

「ありがとう……。桐原くんには、つらい仕事を押しつけてすまなかった」

謝る飯田に、眞幸は、

「社命ですから」

そう言った後、スーツの内ポケットから一通の封筒を取り出し、社長に渡した。

そこに表書きされていた『退職願』の文字に飯田は目を見開いた。

「桐原くん、これは……！」

イスから立ち上がり、眞幸の顔を見る。

「何人もの首を切った自分が残るわけにはいきません。それに……階段での事故のこともありますから」

責任と、身の危険を感じていることを告げるが、

「いや、だが……困る。新体制では桐原くんをメインに考えている部署が」

飯田は引きとめてきた。

恐らく、それは嘘ではないだろう。

「申し訳ありませんが」

残った社員との間に溝があるままで、自分がメインに新たな部署ができたとしても効率的に機能するとは思えない。

互いに嫌な思いをするだけだ。

「いやしかし……、私の一存では。桐原くんは、普通の社員ではないから……本社にも聞かなければならないし」

眞幸の退職を受け付けたことが後で問題になっては困るから、本社にいる眞幸の父親にお伺いを立てるつもりなのだろう。

飯田の保身を考えれば、本社と妙に対立したくないというのは分かった。

「……分かりました。それは、預けておきます。報告は以上ですので、これで失礼いたします」

眞幸はそう言って一礼し、社長室を出る。

——これで、いい。

桐賀をやめる。

それは決めていた。

成彰が誘ってくれていて、受け皿があるからではなく、リストラ業務を続けるうちに、もういいかなと思えるようになっていた。

自分が持っている資格を考えれば、あまりブランクを置くことなく再就職も可能だろう。

ただ——自分がやめるとなった時に、何かが変わるのかを知りたかった。

その「変化」が自分の望むものかどうか。

パンドラの箱の底に残るものは何か。それが知りたかった。

そして、それを知る日は、週明けの月曜にやって来た。

午後になり、本社から社長である眞幸の父の雄介がやって来たのだ。

——老けた。

一年以上ぶりに直接見た雄介への感想はそれだ。

何の感慨も持たない自分が妙におかしかった。

だが、突然の本社社長の来訪に騒然とした事務所に、

「桐原くん、来てくれるかな」

飯田が眞幸に声をかけた。

それに、はい、と返事をして、眞幸は彼らと一緒に応接室に入った。

応接室には眞幸と雄介、飯田の三人だ。

お茶を持ってきた事務員が下がり、少し間を置いてから上座のソファーに腰を下ろした雄介が口を開いた。

「今回の部門縮小とそれに伴う複数の業務についてはよくやってくれた」

まず、最初に口にしたのは労いの言葉だった。

「いえ、社命ですから」

この前と同じ言葉を眞幸は繰り返す。

「退職願を出したと聞いたが？」

「はい、多くの方の首を切った自分がここで仕事を続けるわけにはいきませんし、そのことを快く思わない者も多数います。残れば会社の士気を下げるだけです」

眞幸の返事に、雄介は頷いた。

「まあ、それもそうだろうな。桐賀貿易にとっては大きな人的損失になるが、退職願は受理する方向で処理してもらおう。……この後、どうする」

「少し休んで、再就職をと思っています」

「そうか。なら、おまえに行ってほしいところがある。山口《やまぐち》にある子会社なんだが」

眞幸は息を呑んだ。

山口。

本州の端だ。

あまりに遠い。

そして山口にある子会社は、桐賀貿易よりもさらに規模の小さな会社だった。

――それが、彼らにとっての僕の価値。

バカバカしくて、涙も出なかった。

「なかなか業績が上がらず苦戦しているんだが、ここの業績を上げてきたおまえにならば期待できると……」

「お断りします」

とうとうと、耳に心地のいい言葉を続けて説得しようとする――そんな言葉で説得できると思っている雄介の言葉を遮り、眞幸は断った。

「断る？」

「はい。ここを退職しても、山口には行きません。桐原の関連企業には、行く気がありません」

「なんだと……！　眞幸！　おまえは桐原の人間としての自覚がないのか！」

怒鳴りつけてくる雄介の声に、心臓がきゅっと引き絞られる感じがした。

だが、父親に怒鳴られている、という感覚は、なかった。

リストラを突きつけてきた従業員たちから浴びせかけられた罵声と大差ないと感じた。

「残念ながら、そういう自覚を育てることはできなかったようです」

声は少し震えた。

だが、眞幸は雄介から目をそらさなかった。

――パンドラの箱の底は、空っぽだ。

神話の通りに「希望」が残っていると信じたかった。

だが、眞幸がこれまで自分を守るために目をそむけてきた「現実」は、こんなものだ。

必死で目をそらしてきた自分の幼さや愚かさが、痛かった。

「……ならば、即刻やめろ！　桐原の人間でない者を今の場所に置いておくことはできん。マンションも明け渡してもらう。退職ではなく、解雇だ！」

「そういった理由での即日解雇は不当です。僕の発言が懲戒事由に当たるとも思えません。労働者の権利を行使させてもらいますから、一カ月後の日付で」

リストラ業務を行うに当たって調べた労働者の権利を、自分が使うことになるとは思わなかったが、最後に自分のために役立ってよかったなと、どこか他人事のように感じた。

何を言っても受け流す眞幸に、どこにぶつけていいか分からない不満を募らせた様子だったが、さすがにそれ以上の修羅場《しゅらば》を見せることなく、立ち上がると乱暴に応接室を出ていった。

どうしていいか分からない様子でおろおろとする飯田に、

「追いかけていった方がいいです。多分、怒って言葉を発しないと思いますけど、車が出るまで、頭を下げて見送っておけば大丈夫です」

眞幸は助言する。

飯田の従属意識は示させておいた方が彼のためだ。

飯田は、すまない、と言って応接室を出た。

眞幸は飲まれることがないままだったお茶を一気に飲み干し、喉《のど》がからからだったことを初めて知った。

そして立ち上がり、事務所に戻る。

たった数分のことだったのに、まるで徹夜でもしたような疲れようだった。

◇
◆
◇

いつも通り、定時に成彰が迎えに来て、眞幸は車に乗り込んだ。

できるだけ普段と同じ様子を心がけていたのだが、

「表情が暗いな。何かあったか？」

車が信号で停車すると、視線を眞幸に向けて聞いてきた。

「……少し。今日、僕の退職願のことで本社から社長が来て……」

成彰には、退職願を出したが受理されず、本社に諮《はか》ると言われたことまで伝えてあった。

「その時に、ちょっと揉めて……」

そこまで言った時、急に涙が出てきて言葉を続けられなくなった。

そんな眞幸に成彰は黙ってハンカチを差し出した。それを受け取り、眞幸は両目を覆う。

信号が変わったらしく、すぐに車は走りだした。

そして、車が到着したのは成彰のマンションの駐車場だった。

今日は月曜だ。普通なら、眞幸のマンションに送り届けられるはずだ。

「先輩……」

「行くぞ」

戸惑う眞幸を促し、成彰は部屋に戻る。

眞幸をリビングのソファーに落ち着かせると、成彰は飲み物の準備をしてから、眞幸の隣に腰を下ろした。

そのまま、何を言うわけでも、何をするわけでもなく、ただ眞幸の側にいた。

音楽も、言葉もなく、ヘタをすれば気詰まりになりそうな静けさだが、成彰の気配を感じていると落ち着いた。

「……父に、桐賀をやめた後…山口の子会社に行けと言われたんです」

眞幸は車の中で途中になってしまった話の続きを口にした。

「そうか」

「断ったら、怒りだして……。多分、僕が逆らうなんて思ってなかったんでしょうね。退職願の受理ではなく、解雇だと言われました。桐原の人間としての自覚はないのかって言われましたけど……その言葉がばかばかしくて。あの人にとって、僕は手駒の一つにすぎないのに。そのことが、薄々分かっていて、でも、どこかで『父』であるあの人に、少し希望を持ってたんです。もしかしたら、本社は無理でも、もう少し近い関連会社にって声をかけてくれるんじゃないかって。……そんな夢を見た自分の愚かさが身に沁《し》みて」

だから、成彰の誘いにすぐに応じることができなかった。

「その後追い討ちをかけるみたいに、桐原の人間としての自覚がないなら、マンションに置いておくことはできないから、明け渡せって。もう、そこまで言われたら、かえってさっぱりしますね」

本当に、そう思っているのに、なぜかまた涙が溢れた。

成彰は眞幸の肩を抱き寄せ、もう片方の手で涙を拭うと、

「なら、好都合だ。ここへ嫁いでこい。手狭なら、もう少し広いところに移ってもいいし、何ならいっそ、どこかに土地を買って家を建てるか？」

笑って言ってくる。

「……広い庭に、犬を放し飼いですか？」

「俺は猫派なんだが、眞幸が犬を飼いたいなら、いいぞ」

「いえ、僕も猫派なので」

「なんだ、やっぱり気が合うな。ちなみに俺の好みは八割《はちわ》れだが」

「八割れも魅力的ですが、僕は三毛猫推しです」

他愛のないことを話しているだけなのに、どんどん今日あった出来事が、綺麗に押し流されていく。

向き合おうとしなかった現実。

すがろうとした夢。

そのどちらも、今の自分には、もう必要がなくなった。

「……先輩、今日、まだ予定があったんでしょう？　僕、もう大丈夫ですから」

心配をかけて、成彰の邪魔をしてしまったことが申し訳なくてそう言ったが、

「おまえの側にいる以上に大事なことなんかないからな。全部キャンセルした。そういうわけ

で今日はこの後、フリーだ。存分にイチャつくぞ」

成彰は抱き寄せた眞幸に顔を近づけて口づけてくる。

宥めるような、触れるだけの口づけが繰り返されて、心の奥底にあった塊がどんどんと溶けていく。

それと同時に、口づけが徐々に深いものになり、成彰の手が眞幸のシャツのボタンを外して手がじかに肌に触れてくる。

始まる深い夜の気配に、眞幸はそのまま身をゆだねた。

◇◆◇

翌日、出社すると飯田が、解雇ではなく退職願の受理で処理をする、と言ってきた。

恐らく、某《なにがし》かの交渉をしたのだろう。

眞幸はそれに礼を言い、退職に伴って引き継ぎの必要な仕事もあるので、引き継げる相手がいれば引き継ぎ作業に入るし、もしこれから新規に人を雇うというのであれば、マニュアルを作っておく旨《むね》を伝えた。

やることが決まれば、あとはそれに沿った工程を考え動くだけだ。

退職は一カ月後。

会社をやめる時にはマンションも引き払っておく必要があるため、眞幸はとりあえず当座生活をするためのマンスリーマンションを選びつつ、荷造りを始めた。

大学から七年の間にいつの間にかいろいろと物が増えていて、それに多少呆れつつ、持っていく物と処分する物に分けていく。

その作業に疲れて、お茶を飲んで休憩していると、一階のエントランスから来訪者を告げるインターホンが鳴った。

今日は誰も来る予定ではない。

だが、アポイントメントなしでやって来る相手は一人しかなかったので、予測をつけながらモニターを見ると、やはりそこにいたのは一史だった。

一瞬、どうしようか迷ったが、いずれ一史にも知られることだと決断した。

「一くん、いらっしゃい。部屋の鍵もチェーンも外しとくから、そのまま入ってきていいよ」

そう言ってエントランスロックを外すと、「分かった」と返事があり、モニターが消えた。

それから一分足らずで一史は眞幸の部屋にやって来て、そして荷造り真っ最中の部屋に驚いた様子を見せた。

「え、兄ちゃん、何やってんの？　模様替え？　引っ越し？」

「引っ越し」

「なんで？　引っ越すってどこへ？」

相変わらず湧いた疑問を素直にぶつけてくる一史に、とりあえず座って、とイスを勧め、眞幸は一連の経緯をふんわりと説明することにした。

「僕がリストラ業務やってたのは、知ってるよね？」

「うん」

「その業務が終わって、僕も会社をやめることにした」

「やめるって…なんで？　兄ちゃんがやめることないじゃん！」

思った通りの反応をした一史に、

「うん、別にやめなくてもいいんだけど、僕がそのまま居続けるのに耐えられないんだ。他の、残った人もわだかまりがあるだろうし。そういう環境だと、仕事はうまく回らないから」

綺麗に説明をして、それで終わらせようと思ったが、

「……会社をやめる理由は分かった。引っ越しは、なんで？　新しい会社がもう決まってて、遠いとか？」

一史は論点のすり替えにごまかされることなく聞いてきた。

「ううん。それはまだ。ただ、やめる時に、父さんと揉めた。父さんに山口の子会社に行ってほしいって言われたんだけど、断ったんだ。そしたら、桐賀もやめて子会社にも行かないなら、

マンションも明け渡せって言われて。まあ、社宅だと思えば、道理だよね」

「社宅って……、兄ちゃん、それで納得したのかよ！　だって、息子だろ？」

『息子』という言葉に、眞幸の胸が痛んだ。

あの日砕けた夢の欠片が、まだそこに刺さっていたらしい。

「でも、社員だよ。ある程度のことは覚悟して、辞令を蹴ったから」

「社員って、そんなん、納得いくかよ！」

怒鳴った一史に、眞幸は人差し指を唇の前に立てた。

「声、大きい。隣の人に迷惑になっちゃうから。……怒ってくれて、ありがとう」

礼を言うと、一史はどうしていいのか分からない、といった顔をして、

「兄ちゃんは、これからどうすんの？」

そう聞いてきた。

「今まで、家賃を払わなくてよかったから、貯金も結構あるし、一旦マンスリーマンションに移って、そこで身の振り方を考えようかなと思ってるけど……とりあえず、慣れない仕事で疲れきってるから、しばらくはゆっくりするつもり」

眞幸の返事に一史は眉根を寄せ、だだっ子のような顔をした。

「そんなんでいいの？　こんなの絶対おかしいじゃん。ババアはクソだって分かってたけど、親父までクソだと思ってなかった」

吐き捨てるように言った一史に、

「その二人から生まれたのに、なんで一くんはこんなにいい子なんだろうね？」

眞幸がそう言ってやると、今度は泣きそうな顔をする。

それに笑いかけてやり、

「これでいいんだよ。僕は、全部納得してる」

そうとだけ言うと立ち上がった。

「お菓子か何か、持ってきてくれてるんだよね？　その袋。飲むもの何か淹れるよ。お茶と、コーヒーと、紅茶、どれが合う？」

「大福と、ロールケーキだからどれもいける」

そう返してきた一史に、

「どれもいけるっていうか、どれを淹れてもどっちかしか無理ってことじゃない？　まあ、紅茶ならかろうじて両方いけるかな……」

笑いながらそう返して、眞幸はキッチンに立った。

――これでいいんだ。

お湯を沸かしながら、眞幸はもう一度自分の言葉を胸の内で繰り返した。

そう、これでいい。

もう、決めたんだ――と。

8

一カ月後、眞幸は会社をやめ、マンションも引き払った。

それを機に携帯電話も番号からすべて新しいものに変えた。

今後も連絡を取り合いたい人物にだけ新たな連絡先を伝え、前の職場関係のアドレスはすべて捨てた。

捨てた中には実家関係も含まれている。

唯一の例外は一史だけだ。

すべての荷物を移したマンスリーマンションで、新たな生活に向けての準備を含め、ゆっくりとした日々を送っているはずの眞幸だったが、その姿はマンスリーマンションにはなかった。

眞幸が今ゆっくりと過ごしている場所は、成彰の別荘だ。

最初は、そんなつもりはなかったのだが、マンスリーマンションの入居直前になって、マンションの隣に建つ商業店舗の改装工事が始まって、その物音が結構うるさかったのだ。

それを知った成彰が、別荘に来ないかと誘ってくれた。

なぜ、成彰のマンションではなく別荘なのかといえば、がらりと環境を変えた方が新しい考えが出やすい、という成彰の助言があったからだ。

その言葉に甘えて、眞幸は別荘に来たのである。

そして成彰は、週の前半、水曜日までは会社に出て、人と会う予定などをまとめてこなし、木曜以降は別荘で在宅業務という形を取っている。

成彰もＳＧ28をやめる準備に入っていて、その作業は在宅でできるからだが、

「誰にも邪魔されず、眞幸とイチャつける機会があるなら、逃す手はないからな」

本気とも冗談ともつかない様子で言っていた。

とはいえ成彰は忙しく、木曜の午前中だけは食品の買い出しに行けるが——そうしないと、保存食は別として野菜などがない——、それから金曜の夜中近くまでは仕事をしている。ヘタをすれば土曜も仕事だ。

そのため、怪我をして同居していた時は、食事の準備は主に成彰がしてくれていたが、今は眞幸が作っている。

大学時代からの一人暮らしで、凝ったものは作れないが、簡単なものなら作れるし、何より時間があるので、料理のレシピを検索して簡単に作れそうでおいしそうなものをいろいろピックアップして順番に作って楽しんだりしている。

もちろん、初めて作る料理は、月曜から水曜の自分一人で食事をする時に試して、おいしくできたなと思ったら、成彰が帰ってきた時に披露している。

「眞幸は料理の才能もあったか。専業主婦になってもらうことも視野に入れるか……」

と、言ってくれる程度には、おいしくできているらしい。

二人で過ごす時間は、怪我をしていた時や、恋人という関係になってからの週末にもあったが、その時は眞幸も仕事があったし、精神的にピリピリしていて、今ほどの平和で穏やかな感じはなかった。

成彰が帰ってきている時は、あまり物音を立てないように、眞幸も読書をしたり、あとは以前、一史にプレゼンテーションされた海外ドラマを、イヤホンをつけてサブスクリプションで楽しんだりする。

就職してからはゆっくりとテレビを見る機会もなかったので、眞幸は、期限付きの自由時間をとにかく満喫することにしていた。

――なんか、こういうの、新婚みたいっていうんだろうか……?

成彰が仕事をするのは、一階にある書斎スペースだが、いつもドアは開け放たれている。

眞幸がソファーに座していると、成彰が仕事をしている後ろ姿が見えて、その背中を見ながらふと、そんなことを思い、自分で脳内に思い浮かべた「新婚」というキーワードに妙に気恥ずかしくなった。

だが、悪くないと思っている自分がいることも確かだ。

そう、悪くない。

でも、ベストかと聞かれたら、答えられない。

胸の内で呟いて、眞幸は視線を読んでいる最中の本に戻した。

——贅沢な悩み……。


週明け、月曜の眞幸は、いつも寝坊だ。

理由は簡単で、成彰が日曜の夜に眞幸を疲弊《ひへい》させるからだ。

そのせいで、本当はちゃんと起きて玄関まで見送りたいのに、いつもベッドの中から薄目を開けて、不明瞭な声で「いってらっしゃい」と送り出すのが精いっぱいになってしまう。

遠ざかる車の音を聞きながら二度寝をして、目が覚めたら十時前。

遅い朝食を取った後は、リビングのソファーにだらしなく横たわって過ごす。

体が回復しきらないからだ。

昼過ぎまでそうやって過ごしたら、ようやく、家事のルーチンをこなしているうちに夕方になり、夕食を食べ終えたのを見計らったように電話がかかってくる。

『兄ちゃん、今、いい？』

「うん、いいよ」

一史だ。

一史には、別荘にいることも伝えてあった。週末は成彰と一緒だが、月曜から水曜までは一人だということも。

一人だと退屈だろうから、と、週に一度は必ず電話をしてくる。

『ドラマ、どこまで観た？』

「えーっと、自分の父親だって人が出てきたとこ」

『もうそこまで観たんだ』

「続きが気になっちゃって、どんどん観ちゃうね、これ」

『だろ？　超お勧めだから絶対観てほしかったんだ』

電話の内容は他愛のないもので、今は、一史に勧められて観ている海外ドラマの感想についてが多い。

それ以外だと、何を食べたか、とか、何か変わったことはないか、とか日常についてだ。

もちろん、眞幸も一史がどうしているのか聞くのだが、何も変わったことはないらしい。

この日も、しばらくドラマの話をして、一話分だけ電話をしながら一緒に観て、電話を終えた。

そして一人の週前半が終わり、今週は、木曜の午後に成彰は帰ってきた。

水曜の夜の会食の時にすぐに対応しなくてはいけない案件が出て、朝からそれをこなして帰ってきたのだ。

「おかえりなさい、お疲れさまでした」

成彰は迎え出た眞幸を片方の腕で軽くハグをして、頬を軽く寄せる。

「恋人」になってから始まった習慣だが、子供の頃に海外で育った経験のある成彰は慣れているかもしれないが、眞幸はまだいちいち緊張する。

そんな眞幸の様子に成彰は微笑んでから、

「ただいま。遅くなって悪かったな。買い物に行くか？　野菜がもうないだろう？」

そう聞いてきた。

「葉物野菜が。でも、根菜はありますし、冷凍のホウレンソウがあるから……今日、無理に行かなくても大丈夫ですよ？」

長距離の運転をしてきて、またすぐに運転させるのは悪くてそう言ってみたが、

「今からゆっくり買い物をして、少し早めに夕食をすませて帰ってくるのはどうだ？　何かテイクアウトして帰ってきてもいいが」

「作らなくていいんですか？」

「こっちに来てから、眞幸に作らせてばかりだからな。たまには楽をしよう」

「嬉しいですけど、仕事はいいんですか？」

「それを見越して昨夜、ある程度向こうでやってきたし、土曜に振り替えればいい。……気乗りがしないなら、別にいいが」

成彰の言葉に眞幸は頭を横に振る。

「そんなことないです。先輩が疲れてないかと思って。……じゃあ、出かける準備してきます」

「ああ、俺も着替える。十五分後にリビングに集合で」

　それに眞幸は頷いて、出かける準備を整えに部屋に戻った。


　ゆっくりと買い物をして――結局その時に冷凍食品を買ってしまったので、外食はせず、テイクアウトの食事を買って帰り、家でゆっくりと食事をした。

　そして、リビングで一緒にお茶を飲んでいると、

「ああ、そういえば、ＳＧの就職希望者に、面白いのがいたぞ」

　不意に成彰が思い出したように言った。

「新卒者の、ですか？　ＳＧってわりと募集が遅いんですね」

「そうだな。どこでもいいからとにかくって焦ってる奴はいらないっていうのと、この時季まで残ってるのはどこにも引っかからなかったか、どうしてもうちにと思ってるかのどっちかになるだろう？　どこにも引っかからなかった奴は、書類選考で分かるからな。まあ、中には変わり種なところが魅力で取ることもあるが……」

「先輩がさっき言ってた面白いっていうのは、変わり種っていう意味ですか？」

問うと、少し待っていろ、と言って成彰は一旦書斎に向かった。そして一枚の書類を手に戻ってきた。

それは本来社外秘であるはずの履歴書だ。

「え、持ってきちゃったんですか？」

「おまえには見せても大丈夫だろうと判断した」

成彰はそう言って眞幸にその履歴書を見せる。

「え……、これ！」

ぱっと見ただけで、眞幸は成彰の言う「面白い」の意味を悟った。

いや、面白いというより眞幸にとっては「事件」だ。

なぜならその履歴書は一史のものだったからだ。

「ちょっと…なんで、一くんの履歴書が？　一くんは、桐原本社に内定してるっていうか跡取りなのに」

何が起きているのか分からなくて混乱している眞幸に、

「眞幸の件で、親と衝突してるみたいだぞ。うちに本を返しに来たときに、派手な青痣を作ってたからな」

「そんなの、聞いてない……。月曜だって電話してたのに。一くんに電話しないと……」

眞幸は慌てて携帯電話を取り出し、一史に電話をかけた。

一史はほどなく電話に出て、

『兄ちゃん、どうかしたの？　牧野さん、今日は帰ってるんだろ？』

「どうかしたのは僕じゃない。一くん、ＳＧに就職希望の履歴書出したってどういうこと？」

眞幸の問いに、一史は、なんだ、そのことか、と呟いた後、

『別にどうもしない。あんな社長の許じゃ士気上がんねーから、内定蹴って、もっと魅力的なとこ探しただけ』

「何バカなこと言ってんの？　一くん、跡取りなんだよ？」

『息子だから絶対に跡取りになんなきゃいけないなんて、それどこの法律？　職業選択の自由は俺にもあるし。とにかく、俺はこれ以上納得できないことを我慢する気はないから。桐原がどうなろうと知らねーし、俺は俺の人生を好きに生きるって決めただけ。これはその手始め。もう、この話はこれで終わり。今、ドラマ観てるから、またね』

そう言って、一史は一方的に電話を切ってしまった。

「どうしよう……、僕のせいだ…」

自分が父親と仲違いしたせいで、一史にまで影響を及ぼしてしまった。

自分を大事に思ってくれている一史がどう感じるか、なんて、少し考えれば分かることなのに、配慮を欠いた。

「もう一回、ちゃんと話さなきゃ」

そう言ってリダイヤルしようとした眞幸の手から、成彰は携帯電話を取り上げる。

「先輩！」

「眞幸、落ち着け。男が腹を決めてやったことだ。いくら眞幸が口出ししても、意見は変えないだろう。それに、馬鹿な子じゃないから大丈夫だ」

「でも……」

「むしろ、先見の明があったかもしれないぞ。桐原物産の方が大丈夫じゃなさそうだからな」

成彰の言葉に、眞幸は眉根を寄せた。

「どういうことですか……」

「とりあえず、眞幸は、眞幸自身が思っている以上に有名だってことと、俺は何も言ってないってことだけは最初に言っておく」

「……はい」

何のために成彰がそんな前置きをしたのか分からないが、眞幸は返事をして、言葉の続きを待った。

「眞幸が、一般事務職だったにもかかわらず桐賀貿易のリストラ業務を任され、その後責任を取って退職し、桐原物産は手を差し伸べもしなかったって話が業界で広まった。みんなゴシップは大好きだし、桐原のお家騒動は業界じゃ知られた話だからな。眉つばの憶測も含まれてみんな好き勝手、噂してる。そこまで噂になれば俺の親父の耳にも当然入る。もともと親父は、おまえの親父さんに対しては否定的だったが、今回の件でさらにな。道理の通らないことを平気でやる相手はビジネスパートナーとして組んだ時、いつ寝首を掻くか分からないなんてことを、会食の席でその噂が出た時に言ったんだ。もともと瀧川グループの主流筋は桐原とはつながってなかったが、親父の意向を酌《く》んだそれ以外の子会社や、瀧川グループとメインに手を組んでる企業がじわじわと桐原を切り始めた。影響はこれからどんどん出てくるだろうな」

「そんなことに……」

「ビジネスは信頼関係で成り立っているところもあるが、俺の親父に睨まれてまで桐原とつながりを持ち続けるメリットがないと判断したところも多いんだろう。……桐原社長の人徳のなさも、ここで出たんだろう」

「……桐原物産、危ないんですか？」

「屋台骨がぐらつくとこまで行くかどうか、桐原社長の手腕次第だが、頼みの綱は、詳しいことは言えんが、海外受注で瀧川グループと競ってる部品だろうな。選ばれた方がスタンダード部品として認識されるってところがあるから、そこだろう」

　成彰の言葉に、眞幸は以前、一史からそんな話を聞いたことがあるのを思い出した。

「一くんが、そんなこと言ってたのを聞いたことがあるような……」

　その時は成彰が瀧川グループの御曹司だなどとは知らなかったし、桐原本社のことは自分には無関係な話だったので「そうなんだ」くらいの感覚だった。

今になって、またその話を聞くことになるとは思っていなかった。

「眞幸らしい返事だな」

成彰は笑って、眞幸の肩を抱き寄せる。

そして、少ししてから、

「このモラトリアム《猶予期間》も、もうすぐ終わる。眞幸は、それでいいのか？」

静かな声で問いかけた。

外の世界と切り離された、成彰と二人だけで過ごす時間。

永遠に続かないことは知っている。

「……迷ったことも、正直に言えばあります。でも、決めたから」

笑って言った眞幸の言葉に、

「未練があるのは俺の方だな……」

成彰はそう言って眞幸を抱き寄せる力を強くした。

「痛いですって……」

「愛の痛みだ、受け入れろ」

笑って返してくる成彰に、眞幸も笑って——終わろうとするモラトリアムを惜しんだ。

◇◆◇

成彰が瀧川グループ本社に取締役重役として、ＳＧ28からヘッドハンティングという形で迎え入れられると、世間は驚きをもってそれを伝えた。

何しろ、海外にいると目されていた――牧野成彰との関連を知っていたのは業界でも一部の人間だけだ――瀧川の御曹司が、ＳＧ28の元取締役だったのだから、話題にならないはずがない。

ＳＧ28での手腕などもあって、成彰の存在が一躍脚光を浴びた。

その陰に隠れるように、眞幸も瀧川グループに再就職し、成彰が率いる部署に配属された。

世間の目は成彰に向いていて、自分のことなど噂にもならないと思っていたのだが、以前成彰が言っていた通り、眞幸の存在は目立つらしく、業界内では桐原の不遇の御曹司が瀧川の御曹司の許で働いている、というのはすぐに知れ渡ったらしい。

「先輩みたいに表に出てるわけじゃないのに、なんですぐにばれちゃったんだろ……」

成彰のマンションのリビングで眞幸は首を傾げて呟いた。

眞幸は基本的に社内から出ることはなく、成彰に随行するのは他の社員だ。

そのため、半年か一年くらいたって「実は瀧川に転職してました」的に知られるのかなと思っていたのに、一カ月足らずで、知れ渡ってしまった。

「蛇《じゃ》の道は蛇《へび》っていうからな。そのうち恋人同士だってことも、すっぱ抜かれるかもしれないぞ」

笑って言う成彰に、眞幸は眉根を寄せた。

「それ、絶対よくないです」

「おまえは、嫌なのか？」

成彰は心外だとでもいう様子で首を傾げた。

「僕はどうだっていいんです。でも、先輩の評判に傷がつくから……」

瀧川グループの御曹司が同性の社員と同棲しているなどと噂になったら、成彰のイメージダウンにつながる。

「そんなことくらいで揺らぐような評判なんぞ、クソ食らえだ」

成彰は笑い飛ばすが、眞幸の眉根はますます寄る。

「海外なんかじゃ、同性のパートナーがいることを公言する人も増えてますけど、日本はまだそこまでオープンになってませんから」

「だから、こうしてゆっくり会えるのは週末だけなんてことになってるんだろう？　一緒に住むつもりをしてたのに」

瀧川に入社することになった時にも、一度成彰との間で揉めた案件だ。

成彰は当然一緒に住むつもりをしていて、眞幸は別に部屋を借りるつもりをしていた。

結局、眞幸が自分の意見を押し通して別に部屋を借りたが、そこも、瀧川が所有するマンションだった。

一応家賃を支払っているのだけれど、会社の住宅補助の範囲内で――会社に提出した書類に賃貸物件と書いてしまったので、補助が出てしまった――、眞幸の懐は痛んでいない。

そのことも心苦しいのだが、

「眞幸から家賃を受け取ること自体、親父は嫌がってたんだぞ。だがおまえが会社から出る住宅補助の分だけでもと言うから、渋々だ」

家賃をもらっているだけでもありがたく思えとでもいうような言い方をされて、奇妙な気分に陥った。

そして、家賃を受け取ることを嫌がっている成彰の父親――つまり、瀧川社長だが、彼は成彰と眞幸の関係について知っていた。

成彰が瀧川に戻る時に、話したらしい。

「普通の先輩と後輩という関係以上に親しいってことだけはな。詳しくは話してないが、察してるだろう」

と、説明されたが、何かあって社長と顔を合わせる機会があっても、顔を真っすぐ見られないなと思った。

成彰に、会社では特別扱いをしないでほしいと伝えていたので、そのせいなのかそれとも特に興味がないのかは分からないが、眞幸が入社してからこれまで、社長が部署に来るような機会もなかったので、顔を合わせることはなかったのだ。

だから、まさか社長に知られているとは思っていなかった。

「先輩は大事な跡取り息子なのに。僕なんかが一緒にいたら、いい気分じゃないんじゃ……」

成彰は一人息子だ。

当然、成彰の子供を期待しているだろう。

眞幸については、眞幸の母のこともあって憐れんでくれているかもしれないが、それと成彰の結婚や跡継ぎの件は別問題だ。しかし、

「親父自身、最初の結婚では子供に恵まれなかったからな。だから、子供ができなくとも俺が伴侶と見据えた相手ならいいと言っていた。まあ、気が向けば、依頼して子供だけ産んでもらえとは言っていたが」

どこまで本気かは分からないがそう話していたらしい。

それに安心をしていいのか、それとも、そう言ってくれている間に身を引いた方がいいのかは分からなかったが、もし仮に後者だとしても、今だけはまだ成彰の側にいたいと眞幸は願った。

だが、それが危うくなるかもしれない事態が起きたのは、それから半月ほどした頃のこと

だった。

プロジェクトの部品採用を巡って瀧川グループと桐原物産で競っていた案件は、瀧川グループの商品の採用が決まった。

瀧川グループや関連企業による桐原物産排除の動きで経営が悪化していた眞幸の父であり桐原物産の社長である雄介と、その妻の朋加は、眞幸が瀧川グループに入社できたのは新製品の情報を手土産にしたからだ、などと騒ぎ始めたようだった。

そのことが業界内で噂になると、一部ゴシップ誌で憶測記事が掲載された。

ゴシップ誌といえども、記事になれば話題にならない方が不自然で、当然部署でもそれは話題になった。だが、

「『桐原物産の御曹司という立場を使えば、研究データの持ち出しはできた可能性があり、社長はその疑いも捨てきれないと思っているようだ』……って、御曹司って立場をどう使ったら機密データを盗めるっていうんでしょうね？」

無理がありすぎる言い分の記事に呆れたように、同じ部署の社員が言うと、

「パスワードが御曹司だった、とか？」

「それ以前の問題として、それって不正アクセスされてたってことですよね？　不正アクセスに今まで気がつかなかった、なんてことで、どんだけセキュリティーゆるゆるなのかって結論になっちゃうと思うんですけど」

と、他の部員もお茶受け程度の話題として笑ってくれ、眞幸は安堵しながら、同じように笑う。

無論、眞幸が桐原の御曹司であることは事実で、訝しく思う者もいないではないだろうが、眞幸もそれ以上は特に気にしないように努めた。

——どこまでいっても、『桐原』の名前はつきまとうんだな……。

当然かもしれないが、そのことが今後も成彰に迷惑をかける要因になるのなら、せっかく成彰が用意してくれたこの場所も、辞することを考えた方がいいかもしれない、と眞幸は思う。

そんな眞幸の心中を知ってか知らでか、この件を、たかがゴシップ誌、と見過ごさなかった人物がいた。

一人は成彰で、もう一人は瀧川社長だ。

成彰は別として、瀧川社長までというのは、どうして、と眞幸は思った。だが、それは眞幸の母の不幸ないきさつや、眞幸の生い立ちの不憫さ、そして成彰との関係を知っているがゆえではなく——無論、皆無というわけではないだろうが——単純に「瀧川の社員、ひいては瀧川への根拠のない中傷を放置することはできない」という判断でのものだった。

即座に掲載紙への名誉棄損の訴えを起こす準備があると宣言し、競合に敗れたからといって我が社の社員を貶《おとし》める発言を行ったことが事実であれば、桐原にも厳重な抗議をする、と告げた。

　そのため、一瞬のゴシップで消えるはずだった話題は、逆に大きく取り扱われることとなった。

「別に、かまわなかったのに……」

　今回の件で、他の週刊誌も騒ぎ始め、新聞の週刊誌広告欄に踊る「桐原ＶＳ瀧川、第二ラウンド」だの「桐原不遇の御曹司、反撃」だのという見出しを見て、成彰の部屋のリビングのソファーで新聞を読みながら、眞幸はため息をついた。

「眞幸を侮辱されて、黙っていろと言うのか？」

　隣で経済誌を読んでいた成彰が穏やかな表情で言う。

「だって、すぐに消える与太話《よたばなし》じゃないですか……。そもそもの設定に穴がありすぎて、競合に敗れた悔し紛れに言った憶測だってことくらい、すぐに分かるし。……でも、先輩や会社に迷惑がかかっちゃったのは……すみません」

　眞幸の言葉に、

「おまえが謝ることじゃない。おまえは被害者だろう？　まあ、親父の動きは、眞幸のためだけってわけじゃないことは確かだがな。あの人は、非情なところがあるから、一気呵成《いっきかせい》に叩く時は叩くぞ」

　成彰はそう返し、それに眞幸は少し眉根を寄せた。

「桐原を潰すつもりですか？」

「……やはり、心配か？」

「僕は、別に桐原がどうなろうと……もう関係のない家だと思っているので。でも、一くんは違うから……」

一史は桐原の内定を蹴ったが、社長夫妻の息子だ。

そのことで、今度は世間の目が一史に向かう状況が充分に予測できた。

「やっぱり、眞幸は優しいな」

成彰は眞幸の頭を撫でると、

「そのうち、親父が手を打つ。もう少し様子を見ていろ」

そう言って、また雑誌に目を戻す。

どう手を打つつもりなのか気になったが、自分にできることは多分なさそうで、とりあえず一史に、大丈夫かと、状況を窺うメールを送った。

一史からは短く「大丈夫。今、卒論死ぬほど忙しくてそれどころじゃない。牧野さんに、また本借りに行く」とだけ返信があった。

一史はSG28に就職が決まり、今は再び、卒業論文と向き合っている最中だ。

実家も出て、今は、友達の家に間借りをしているらしい。

――一くんが卒業するまで、借りてもらってる部屋に一くんと一緒に住んでもいいか、今度聞いてみよう……。

そんなことを思いながら、一度携帯電話を置く。

そして、自分にできることの少なさと、待つことしかできない事態になんとも言えない気持ちになった。

だが「待つ」時間はそう長いものではなかった。

面白おかしく書き立てられるゴシップと、瀧川に与《くみ》する企業の桐原外しで、桐原の株価は下がり続けた。

そして翌週になり、眞幸は珍しく会社で成彰にフロア内の小ミーティングルームへ呼び出された。そこは面談や、五、六人で行う小規模の打ち合わせなどに使う部屋だ。

会社では二人の関係はオープンにはしていないし、成彰も眞幸もそこはきっちりと線引きをして、それぞれ仕事をしているので、不用意に呼び出されることなどない。

だから何かが起きたのだろうとミーティングルームに入った眞幸は、そこである場所への出席を依頼された。

「桐原夫妻へのヒアリングを頼んだんだ。どういう意図を持って流した噂なのか、瀧川としては看過できないと言ってな。向こうもこの状況はマズイと踏んだのか、受けた。眞幸は気が進まないだろうが、当事者として来てほしい」

「……瀧川社長は、来るんですか？」

「いや、父が出てくるまでの話じゃない。俺と眞幸、あとはうちの顧問弁護士が来る。向こうも弁護士を同席させるだろう。眞幸が嫌なら、無理にとは言わない」

桐賀貿易をやめた時のいきさつを、眞幸は詳しく話してはいないが、高校時代からずっと眞幸を知っていて、そしてあの頃の眞幸の様子を見ていれば、無理をさせてまで会わせたくないと思ってくれたのだろう。

成彰のその優しさが、本当に嬉しかった。

「大丈夫です。戦略的に必要なんでしょう?」

「戦略というほどじゃない。ただ、眞幸がいれば、社長はともかくとして夫人の方の失言は引き出しやすい。言い逃れができない状態になれば、やりやすいというだけで……それ以外にも策は充分あるから、眞幸が出られなくともかまわない」

「いるだけで、いいんでしょう?　大丈夫です」

眞幸の返事に「すまないな」と成彰は謝ってきたが、

「いえ、発端は僕ですから。……僕の方こそ、いろいろすみません」

眞幸は謝り返してから、

「お話が以上でしたら、仕事に戻ってかまいませんか?」

曖昧になりかけたプライベートと仕事の境界を引き戻すように聞いた。

それに成彰は苦笑いをして、

「ああ。時間を取らせてすまなかった」

眞幸を送り出す。

眞幸が部屋から出て席に戻ると、何かあったのかと、隣の席の社員に心配されたが、週刊誌がいろいろと騒いでいる件で、とだけ言うと、納得してくれた。

そして、桐原側とのヒアリングの日が来た。

会場としてセッティングされたのはホテルの小会議室だ。

眞幸たちが到着するとすでに桐原社長夫妻は着席していた。

「大変お待たせして申し訳ない」

成彰の口調は慇懃《いんぎん》無礼《ぶれい》に聞こえるものだったが、わざとだろう。

こういう場で礼儀を欠く男ではない。

眞幸は成彰が自己紹介をするその後ろで、雄介と朋加をじっと見てから、ただ目礼した。

桐原は思いのほかダメージを受けているのだろう。二人とも痩せたというわけではないが、やつれて見えた。

特に朋加はいつも通りに身綺麗にして、華やかな色の服を着ていたが――シックな色を選ばなかったのは、自分たちの正当性を訴えるつもりでもあるのだろう――それが返ってやつれているのを際立たせている気がした。

互いの弁護士同士は面識があるのか特に挨拶もせず、

「本日、お越しいただきましたのは、先般から世間を騒がせているゴシップ誌の内容についてなのですが」

眞幸たちがテーブルを挟んで向かい側に腰を下ろすと、瀧川の弁護士が切り出した。

「それにつきましては、こちらといたしましても、事実無根の噂が独り歩きして、桐原社長ご夫妻も困惑していらっしゃいます。その件で、噂を鵜呑《うの》みにされた瀧川グループから敵視されたことも、心外だと」

桐原の弁護士の言葉に、相変わらず強気だなと眞幸は思った。

「事実無根、ですか。まあ、掲載されている雑誌が雑誌とはいえ、すべてが事実に根ざしていないというわけではないと思いますが……。特に、あなた方の…いや、桐原社長の御子息である眞幸さんに関することについては」

瀧川の弁護士の、わざと「あなた方」と言ってから、雄介だけに後で限定する言い方に、策略家だなと、そんなことをぼんやりと思った。

「それこそ心外ですな。確かに、眞幸を桐原本社に入社させませんでしたが、それはこちらとしては一般の従業員たちと交わることで広い見識を持ってもらいたいという意図で」

「そのわりに、次男の一史くんは、最初から本社に入社をさせるおつもりだったようですね。まあ、当の本人から見限られたようだが、それは彼に先見の明があったと言うべきかな」

成彰が一史の名前を出した瞬間、朋加の顔色が変わった。

「あなたが一史を焚《た》きつけたんでしょう?!」

朋加が眞幸を睨みつけ、甲高い声でヒステリックに言った。

眞幸は、うんざりだ、といった様子でため息をついてから、

「……どういうことですか？」

わざと朋加の癇《かん》に障《さわ》るような言い方をした。

その眞幸の狙いは当たったらしい。

「しらじらしい！　あなたが一史を焚きつけて、桐原の内定を蹴らせたんでしょう？　あなたが桐賀貿易をクビになったからその腹いせに！　あの子は優しいから、あなたのことをずっと憐れんでいたものね。そこにつけ込んだに決まってるわ、そうでなければ……！」

「そういう思い込みを、他の方の前でも披露されたわけですね。感化されて、社長も尻馬に乗った、と」

成彰の言葉に、

「なんの証拠があって……！」

朋加が腰を浮かせるのを、雄介が制する。

「瀧川さん、こちらも今回の件では被害者、そちら以上に被害をこうむってるんですよ。わざわざ自分の身を陥れるようなことをするわけがないじゃないですか。これ以上、言いがかりをつけるつもりなら、失礼させてもらいますが」

雄介の言葉に、成彰は弁護士を見た。

弁護士は手元の書類を見ると、

「先月、アジア地域開発プロジェクトの部品供給の件で、瀧川の商品が採用決定された翌日、藤崎《ふじさき》ホテル内のバー『アムネジア』で、ご夫妻揃ってご友人方とお会いになられましたね」

そう切り出した。

それに、二人の顔色が変わる。そこに、弁護士は畳みかけた。

「お二人とも鬱憤が溜まっていたのか、かなり酔われて、最後はご友人方に肩を借りて店をお出になった。……その際の会話が、この一連の騒動の発端となった『眞幸さんが機密を持ち出した』というものだったのでは？」

「そんなこと、話してないわ！」

「話したとしても、そんなものは酒の席での戯言《たわごと》だ」

朋加と雄介は言ったが、明らかに旗色が悪くなっているのが、桐原の弁護士の様子で分かった。

恐らく社長夫妻から聞いている話と、まったく違ってきているのだろう。

「酒の上の戯言でも、人前で誰かを貶める発言をすれば、それは名誉棄損にあたるんですよ」

瀧川の弁護士の言葉に、

「発言をしていれば、だろう。……私は、そんな話はしていない」

「そうですとも」

　二人が知らぬ存ぜぬを通そうとする。

「では、これはお二方の声ではない、と」

　瀧川の弁護士が持参したボイスレコーダーを再生した。

『ピアノ演奏と少しざわついた店内の様子にまぎれて、

『うちが負けるはずがないんだ！　絶対に何かの陰謀だ』

　雄介に似た男の声がした。

『何らかの情報が漏れたとしか思えないわ！　それに眞幸！　あの子、今瀧川にいるのよ？　どうやって取り入ったんだか……』

　朋加に似た女の声が続く。それに、恐らく友人の誰かだろう。眞幸の聞き覚えのない男が
『栖芳の同窓生だからだろう』と言っているのが聞こえた。

『そんな理由だけで、瀧川本社に呼ぶものかしらね？　桐賀をクビになった腹いせに機密を持ち出してそれを手土産にでもしたんじゃないのかしら！』

　またさっきの女のヒステリックな声が聞こえて、そこで再生は止められた。

「これは一部分のみですが……どう聞いてもお二方の声では？」

　追い詰めるように瀧川の弁護士が言う。

「ね…捏造《ねつぞう》だわ！」

「こんなもの、今はいくらでも音声の切り張りや合成音で作れるものだろう」

どこまでも二人は認めようとしない。

もちろん認めるわけにはいかないのだろう。

「物証の真偽をお確かめになりたければ、裁判でお会いしましょう。こちらといたしましては、瀧川社員への侮辱と瀧川グループに波及する名誉棄損で訴えることも考えていますので、これは物証として提出予定ですから」

瀧川の弁護士の言葉に二人の顔が一気に青ざめる。

勝てる見込みがないことは理解しているのだろう。

仮に和解勧告になったとしても、今の桐原に裁判のダメージは大きすぎる。

「こっちとしては、これ以上眞幸くんに関して、ネガティブなことを流布しないでいただければ、これ以上事を荒立てるつもりはない。ご存知かどうか分からないが、栖芳のOBとして、眞幸くんが学生の頃から彼のことを知っている。彼がこれ以上の騒ぎに巻き込まれて疲弊していくのは見たくないからな」

そこまで言って成彰は一度言葉を切った。

雄介は完全に意気消沈といった様子だったが、朋加だけはまだ悔しげに眞幸を睨みつけていた。

その視線に、成彰は朋加に向け、口を開いた。

「あと、忠告だが、相陽信金《そうようしんきん》による不正融資の情報を耳にしている。確か奥方の御実家だったと思うが――痛くない腹を探られたくなければ、大人しくされるのが身のためだ。俺の口がうっかり、担当省庁の知人の前で滑らないとも限らんからな」

朋加の目が見開かれる。

唇が震え、何か言いたいようだが、言葉が出てこないらしい。

「まあ、平たく言えば、二人とも今後一切、眞幸くんに関わらないでもらいたい。さっきの件と併せて了承してもらえればありがたい。こちらからは以上だ」

成彰はそう言って、瀧川の弁護士を見た。それに弁護士は頷いた。

「本日、こちらから依頼した点に関しては後日、念書という形で作成し署名押印をいただくためにお伺いいたします。では、これで」

その言葉に成彰は立ち上がり、眞幸も続く。

そして、一度も雄介と朋加を見ることなく、部屋を出た。

部屋を出てホテルのロビーで弁護士と別れると、

「天気がいい。少し、歩くか」

成彰が言い、眞幸も頷いた。

言葉もなく、ただ歩く。少し歩いた時、

「今日は、疲れただろう」

成彰が労うように言った。それに、眞幸はふっと微笑む。

「僕がいなくてもよかったんじゃないですか？　先輩、用意周到に爆弾を幾つも準備してたんだから」

あの場で、眞幸は一言、発しただけだ。

「いや、助かった。眞幸の一言で夫人が自爆してくれたおかげで、そこから畳みかけられたから話は早くすんだからな。ああいう場では糸口を掴むのが面倒なんだ」

成彰はそう言ってから、

「おまえのあの『どういうことですか』は絶品だったな」

と笑う。それに眞幸は苦笑した。

「凄く嫌みな言い方でしたね」

「俺が出会ったのはラプンツェルじゃなく、氷の女王の方だったかと思ったぞ。まあ、どちらも美しくて魅力的だが」

「どっちにしても、例えられるのは女性なんですね」

「それは仕方がないから諦めろ。……だが、眞幸は守られるだけの姫でもないからな。今日は、特にそう思った。俺は直前まで、眞幸にやっぱり出なくていいって言おうかと悩んでいたが」

成彰の言葉に、眞幸は少し間を置いた。

「……もっと、緊張するかと思ってたんです。…ううん、緊張、とはちょっと違うかな。怖かったんです。母が亡くなってから、祖父母が守ってくれてたとはいっても、父の意見一つで僕はどうにでもなってしまうって、分かってたから。その父に話を伝えるのは朋加さんで……。だから二人の機嫌を損ねないようにって、言われたことをいつも小綺麗に解釈して、自分を納得させてきたんです。そうしないと、僕自身が、もたなかったから……」

自分のことで、一史が怒ってくれるのは嬉しかった。

自分がそんなに気持ちを出すことなどできなかったからだ。

一史を宥めるふりをして、本当は自分を宥めていた。

「でも、先輩が僕を必要としてくれて――王子様がラプンツェルを塔から連れ出したみたいに、僕を桐原から外の世界へ連れ出してくれて、魔法が解けたんです。あの二人がどうあっても、僕は、僕として生きていけるって」

「眞幸」

「今回、あの二人に会うことを承諾したのは、自分でも確かめてみたかったからなんです。それが自分の勘違いじゃないかどうか。あの二人を見ても揺るがずにいられるかどうか。――結果は見ての通りです。もう、塔には戻らない」

穏やかな表情で、しかし、はっきりと言った眞幸に、

「今度は俺の特製の檻《おり》に囚われてもらうつもりだから、多少胸が痛むがな」

成彰は人の悪い笑みを浮かべて、返してくる。それに眞幸は笑って、

「望むところです」

そう返したのだった。


眞幸の出自や、後妻の朋加との確執、そして一史の反乱などは、マスコミのおいしい餌としてそれからしばらくの間はまだ世間を騒がせていた。

それに合わせて桐原の株価は下がり続けていたが、お家騒動を面白がるマスコミの中で一社にだけ、一史が単独インタビューに答えた。


――桐原物産本社に決まっていた内定を蹴ったのは、噂されているお兄様への御両親の仕打ちが原因でしょうか？

『それより、自分自身の危機感が強くあったからですね。桐原の中枢は血族で固められて、内向きになりすぎているように思えたんです。そこに、世間を知らないままで入社してしまえば、広い視野で物事を見ることができなくなるのでは、と。それで、兄の知り合いであるＳＧ28の牧野さん（当時：現・瀧川グループ取締役専務・瀧川氏）に相談したところ、若いうちはいろいろと外を知った方がいいと助言をいただいて、覚悟があるなら武者修行のつもりで来い、と言って下さったので』

長いインタビューの中のその一文で、この先、桐原と瀧川グループの連携があるのではという希望的感触が広がったことで、桐原の株価は下げ止まった。

「一くんが、こんな大人なこと言うなんて……」

眞幸は人に教えられてそのことを知り、買ってきた週刊誌を読んで、目の前で卒業論文を必死で入力している一史を見る。

成彰に、しばらく一史を部屋に置いてやりたいと言ったところ、あっさり承諾してくれて、眞幸が声をかけると、一史は友人宅を出てやって来た。

そのため、今は一史が卒業するまでの間、二人暮らしだ。

「あー、それ、全部、牧野さんの差し金っていうか、アイディア」

論文を入力する手を止めず、一史は言う。

「先輩の？」

問い返すと、一史は視線を上げて、眞幸を見た。

「論文で使う本を借りたくて行った時に、俺のとこもマスコミがうるさいだろって聞かれて、インタビューとか申し込んできてるとこあるっつったら、どこから話が来てるか聞かれた。そしたら、その雑誌のだけ受けたらいいって言われて。ホントはもう洗いざらい全部ぶっちゃけて、親父とお袋の超クソなとことか言いたかったんだけど、真正面からぶつかるやり方は牧野さん的にはすがすがしくて好きだけど、未来に含みを持たせて如才なくやり過ごす方法も覚えた方がいいって。そんで、予想できる質問と回答例作ってくれた。いい子すぎない感じで『等身大の大学生』って感じのを」

「そうだったんだ。一くんが大人になったんだなって、ちょっと感動したのに」

眞幸が言うと、一史は、

「実家とか、マジどうでもいいし。とりあえず、誰にも何にも言われないで兄ちゃんとこうやって会えたら」

相変わらずブラザーコンプレックスをこじらせたようなことを言う。それに眞幸が困ったように笑うと、

「あ、兄ちゃん。明日、金曜だし、牧野さんとこ行くんだろ？」

不意に聞いてきた。

いつの間にか、成彰との関係について一史は成彰から聞かされたらしく知っていた。最初は驚いていたらしいのだが、眞幸と会っている話は以前から聞いていたし、うっすら怪しんではいたらしい。

ただ、成彰本人と会った時に『あ、この人なら大丈夫』と思ったらしく、成彰とのことは応援とまではいかないまでも受け入れてくれた様子だ。

「うん。泊まると思うから、夕ご飯、一人になるけどごめんね」

「別にいい。適当になんか買って帰るし。牧野さんとこ行ったら、この本返しといてくれる？」

一史はそう言って机の横にある二冊の本を指差した。

「もういいの？」

「うん。ありがとうつっといて」

「分かった。明日、返しとくね」

眞幸はそう言うと、忘れないように本をカバンの中にしまった。

桐原との騒動も、気がかりだった一史のことも落ち着き、これまで眞幸につきまとっていた悩みはすべてなくなったといってもいい。

だが、新たな悩みも生まれていた。

「遅いな……」

翌日、眞幸は会社から真っすぐに成彰のマンションに来ていた。

週末は一緒に過ごすことになっているのだが、瀧川グループの御曹司として、今はやることや覚えることなどが山積みで、かなり忙しい。

眞幸は基本的に定時で上がるのだが、成彰は残業しているし、その後で招かれて接待を受けに行くこともある。

忙しすぎて体が心配だと言ったことがあるが、

「ＳＧにいた頃も似たようなものだったから平気だ」

という言葉が返ってきた。

もともと忙しいんだろうなと漠然と思っていたが、一緒に働いてみて想像していた以上に忙しいことが分かった。

――こんなに忙しいのに、僕のためにいろいろ時間を割《さ》いてくれてたんだなぁ……。

そう思うと感謝しかない。

それは紛れもない本音なのに、どうしても、胸の奥でちくんと刺さる何かがある。

今までより近い場所にいて、一緒に働いて、毎日顔を見られて――でも一緒にいられる時間が少ない。

いや、これまでよりも多いのだ。

もともと成彰は一緒に住もうと言ってくれていたのに、それを断ったのは眞幸の方で、この状況は眞幸が選択した結果だということも分かっている。

けれど、顔を見られる時間が増えた分、一緒にいる時間ももっとほしいと思ってしまう。

「……我《わ》が儘《まま》…」

眞幸は自嘲《じちょう》気味《ぎみ》に呟いて、時計を見た。

遅くとも十時に戻ると言っていたのに、もうすぐ十二時になる。

連絡がないのは、連絡ができない状況だからだ。

「帰ってきても、もうあんまり話せないし、寝ちゃおう……」

眞幸が起きていたら、成彰もいろいろと話そうとしてくれて、互いに眠れないだろう。

眞幸は「ごめんなさい、先に寝ます」とメモを残して、客間のベッドに入った。


瞼や頬に優しく触れる何かの感触と、すっかり馴染んだ心地よい何かの香り。

──なんだっけ……。

爽やかで、少し甘い。

けれどそれだけではなくて、胸の奥で何かがトロリと溶けるような、そんな香り。

いつまでもその香りに包まれていたくなる。

「可愛い顔をして……」

笑みを含んだような囁く声がして、また、額《ひたい》に何かが優しく触れる、

──この、声……。

思った瞬間、すぅっと意識が浮上して、眞幸は目を開ける。

とはいえ、まだまだ眠たさに支配されて、瞼がほんの少し上がったにすぎなかった。

灯りはすべて消して寝たはずなのに、窓からの月明かりで室内は思いのほか明るかった。

──そういえば満月が近かった……。

成彰のマンションに向かう途中、見上げた空に輝いていた月が、かなり大きかったのを思い

出しているうちに、ようやく目に映るものが何か認識できた。

「……せんぱい…？」

「起こすつもりはなかったが、起こしたか。すまないな……」

優しい囁きと共に、頭を撫でられて、その心地よさに眞幸は、一度目を閉じる。

「おかえり、なさい……」

「遅くなって悪かった」

「ううん……、おつかれさま」

まだまだ眠たさに支配されていて、自分でもどこか甘えたような不明瞭な口調になっているなと眞幸は思う。

「日曜の接待の代わりに、今夜、会食を入れてきた。これで、月曜の朝まで、二人きりだ」

成彰はそう言って、また額に口づけてくる。

だから遅かったのか、とは思ったが、それを言葉にできるほど、頭は動かなくて、

「ふたり…」

短い単語だけしか返せない。

そんな眞幸の様子に、可愛いといった様子で成彰が笑ったような気配がした。

「そう、二人きりだ。……もう、今は眠れ、眠り姫。ちゃんとキスで起こしてやるから」

甘い囁きに、ラプンツェルはどうしたんですかと思ったが、どちらにしても塔に閉じ込めら

れているのは一緒か、なんて思いながら、眞幸は再びやってきた眠りにゆっくりと沈み込む。

——それに、どっちのお話も、ハッピーエンドだ……。

優しく包み込んでくる腕の感触に、目が覚めてもハッピーエンドの続きの夢が見られるんだろうなと思いながら、眞幸は幸せな気持ちで眠りについたのだった。

おわり

ラプンツェルへの訪問者

「ん…、んっ、あ…、あっ、あ」

体の中でゴリッと何かを押しつぶすような感覚があって、それと同時に眞幸《まゆき》の体に一気に悦楽が走り抜ける。

「あっ、あ……っ、あ！」

寝室に濡れきった眞幸の甘い声が響く。

「相変わらずイイ声で啼《な》くな」

成彰《なりあき》はそう言って、眞幸の体の中に埋めていた熱で眞幸を揺すり上げる。

「ぁあっ、あ、待って、ああっ、あ」

甘く蕩けた肉襞が与えられる刺激にざわついて、眞幸はまた昇りつめそうになる。

週末を成彰の許で過ごすことが当然になって半年以上がたち、もはや週末婚の域だ。

とはいえ、週末しか恋人として過ごせないので、会った夜は必ずそういうことになるし、久しぶりの逢瀬《おうせ》は、どっちも歯止めが利かなくなっている気がする。

それは今夜も同じで、いつも久しぶりだからなどと言って成彰は丁寧に前戯をしてくれるが、その段階ですでに眞幸は何度か絶頂に導かれているので、体をつなぐ頃にはもう、頭の中も体も蕩けてしまっていて大変なのだ。

「大丈夫、気持ちよくしてやってるだけだろう？　こんなに柔らかくて、俺をいっぱい締めつけて……もっと奥まで欲しいって絡みついてきてる」

成彰のそれが、一番奥まで入ってきて、その奥の壁をつつき始める。

その動きに、眞幸の背筋が反った。

「だ…め、やだ……やだ」

「ダメじゃない。充分、蕩けてる」

成彰の言葉に眞幸は頭を横に振る。

「だめ…明日、動けなくなる……」

一緒に過ごせるのは金曜の夜から月曜の朝まで。

土曜をベッドの上で過ごすことになるのは、もったいなさすぎると思うのに、

「朝から夜まで、ずっとそばにいて、世話をしてやるから」

成彰はそう言って、繰り返し、自身を受け入れている眞幸の奥の壁を突いてくる。

「ふ…っ…ぁ、あっ、あ」

「ぐずぐずに蕩けて…もっと奥まで欲しくないか？」

そそのかす声に、眞幸の喉が鳴った。

一番奥。

S状結腸と呼ばれる場所だ。

そこまでされると、怖いくらいに気持ちがよくて、訳が分からなくなる。

何度かされて——初めては別荘にいた頃だったが、自分のリミッターが消し飛んでしまって、

その時は土曜の夜だったが、月曜になってもまだ足元がふらついて、成彰が会社を休んでついていてくれたほどだ。

「…だめ……」

「悪い、聞けないな。こんなにドロドロに蕩けて誘われては、俺も止まれない」

寝込みを襲っておいて、そんな理不尽なことを成彰は口にする。

だが、抗おうとすれば、弱い場所を擦り上げられて、そんな意志さえはぎ取られる。

「あっ…あ！」

「そのまま、感じてればいい」

成彰のそれが眞幸の中を思う様、蹂躙《じゅうりん》していく。

浅い場所にある前立腺を繰り返し突き上げられて、眞幸自身からは蜜がたらたらと零れ落ちる。

「ぁあっ、あ、あ…っ……！」

そうかと思えば奥の壁まで来て、そこでさらに奥にねじ込むような動きを見せる。

「だめ、…そこ、だめ」

「ダメになればいい。ちゃんと、ついててやる」

成彰の手が眞幸の腰を掴みなおし、少し角度を変えて、最奥まで貫いてきた。

「あ、ぁあっ、あ、あ、あ……！」

ぐぬんっと奇妙な感覚がして、それと同時に頭までしびれるような感覚と、おかしくなりそうな快感が体中を埋めつくしていく。

「あぁっ、あ、あ、あ」

体が勝手に痙攣して、止まらなくなる。

気持ちがよくて仕方がなくて、目の前がチカチカした。

「だ…め、やぁ……アッイって、あ、あ」

きっと、成彰は動いていないんだろうと思う。痙攣する自分の体の動きだけでも、受け止めきれない愉悦が爆発するみたいに何度も眞幸を襲ってくる。

「そのまま、おかしくなればいい。ずっとついててやるから」

成彰は言うと腰を揺らし始めた。

それだけではなく、少し腰を引いて、一度最奥から退くと再び強く押し入ってくる。その動きを繰り返されて、頭の中が真っ白になった。

「ゃ…う、あっ、あ、だめ、イってる、から、だめ、だめ」

「ずっと、後ろでイったままだろう？　ほら、もっと好きなだけイって」

成彰の言葉に眞幸はイヤイヤをするように頭を横に振ったが、強引にずるりと奥から引き抜かれたそれが、今度はまた前立腺を攻め立ててくる。

「ぁ……だめ、だめ、ああっぁ、あ」

体の奥で感じるのとはまた別の愉悦に襲われて、意識が飛びそうになる。

ぐちゅっずちゅっと淫らでしかない音が響いて、眞幸は頭の先から足の先まで、悦楽にどっぷりと浸けられたような感じがした。

「だめ、もう……むり、だめ、いく…また、あっ、あっ、あ！」

眞幸が体をガクガクと震わせて、達する。成彰は蜜を零す眞幸自身の先端の蜜孔を指先でいじりまわしながら、強く突き上げた。

ぐじゅん、ぬちゅん、と音をさせながら、激しく突き上げ、また結腸をいじめ始める。

「ん……っ、〜っ、いっ、あ、あ」

感じすぎて、もう声も出せなかった。

突かれるたびに、勝手に体が昇りつめて、中が酷く痙攣する。

イって、体が震えている間に、また突かれて、イってしまう。

休みなく連続して達して、眞幸の意識がところどころで真っ白になる。

「だ…っ…ぁ、あっああ、あ」

——トぷ。

そう思った瞬間、

「出すぞ」

押し殺した声と同時に、眞幸の底がこれまで以上に浅ましいような動きで成彰を締めつけた。

その中を強引に貫いて、一番奥に成彰が入り込んで、そこで熱を解放する。

ビュルっと吐き出されるその感触に、眞幸の体がまた昇りつめた。

キュウキュウと熱をぶちまける成彰を締めつけ、もっと、と欲しがるようにうごめく。

「あ…あ、ああっ、あ、あ、……っ、……！」

ガクガクと震えて止まらない眞幸の体に、成彰はそっと上から覆いかぶさり、薄く開かれた唇にそっと口づける。

「……お姫様、キスで起こしてやるまで、寝てていいぞ」

優しい囁きを耳に閉じ込めて、眞幸は幸せな気持ちで意識を飛ばした。

◆◇◆

キッチンから、コーヒーのいい匂いが漂ってきて、ほどなくすると成彰がカップに淹れたコーヒーを持ってリビングに姿を見せた。

「待たせたな、飲もうか」

その声に、三人掛けのソファーに怠惰《たいだ》に寝そべっていた眞幸は、まだ少しだるい体を起こす。

「ありがとうございます」

「調子はどうだ？　少しは楽になってきたか？」

テーブルの上にカップを置いた成彰は、眞幸の隣に腰を下ろして問う。

「そうですね、朝よりも随分と。……昨夜も無茶されなければ、今日は朝から元気だったはずなんですけれど」

チクリと眞幸は言う。

昨日の土曜は、案の定、ほとんどベッドから動けなくて、夜になってようやく少し動けるようにはなったものの、足でも滑らせたら心配だからと一緒に風呂に入ることになり——そこでもコトに及ばれて、結局、今日の朝も、満足に立てない有り様だった。

「少し無理をさせたからな、悪かった」

謝ってくる成彰に、眞幸はにっこりと笑う。

「先週も、似た謝罪を受けた気がします」

眞幸の言葉に、成彰は苦笑いをする。

「イチャつけるのが週末だけだから、多少、愛情が暴走するのは仕方がない。眞幸がここに越してくれれば、分散できるから眞幸の負担は軽くなるぞ」

成彰のその言葉に、

「一週間平均して疲れそうな感じもするんですけれど」

首を傾げつつ眞幸は言う。

「試してみなければ分からんだろう？　一カ月ほど試してみるのはどうだ？」

成彰は相変わらず「一緒に住む」ことを諦めてはいない。というか、折りに触れてプレゼンテーションしてくる。

今のところ、二人の関係を周囲に気付かれてはいないし、桐原物産もあれ以来大人しいので、一連の騒ぎが落ち着いてからは、眞幸に注目が集まることもなくなっていた。

だが、成彰はそうではない。

瀧川グループの後継者として、その存在はますます注目を浴び、一挙手一投足がすべて話題になるといった感じだ。

無論、私生活にもそれは及んでいる。

特に話題に上がるのが、恋愛・結婚関係だ。

成彰は接待を含め、様々な催事に呼ばれる。その先で少しでも近い年齢の女性と親しげにすれば、即噂になるといった感じで、

『もういっそ、嫁候補マガジンでも出版してもらえばいいんじゃないですかね』

部署内で誰かが笑い話にするくらい、その人数は多い。

眞幸が耳にしただけで十人近い。

もちろん、それらのすべてが「ただの噂」であることは眞幸も知っているので嫉妬《しっと》も何もな

いのだが、

「先輩の身辺がもう少し落ち着かないと……。毎週末、先輩のところに来てることだって、そのうち嗅《か》ぎつけられそうな気がしてるのに」

成彰が注目を集めている間は、不用意なことはできない。

「嗅ぎつけられても別に困らないだろう。すでに、うちの親には紹介ずみだ」

成彰はそんなことを笑って言ってくる。

成彰とそういう関係であることは、眞幸が瀧川に再就職をする前にすでに社長には知られていた。

ただ、あくまでも「知られていることを、眞幸も認識している」というだけの話だった。

だが、この正月に、眞幸は正式に、成彰の両親に紹介された。

その前から成彰から打診されていたのだが、あれこれ理由をつけて先延ばしをして、とうとう正月に逃げられなくなり、瀧川家に連れていかれたのだ。

社長とは社内で顔を合わせることもあったが、挨拶以上の言葉を交わすことはなく、社長がどう思っているのか分からなかったし、成彰の母親とは――顔はメディアを通じて知っていたが――初対面で、ものすごく緊張した。

ただ、眞幸が心配していたようなことは何もなかった。

社長も夫人も眞幸の母親を知っていたこともあり、彼女と眞幸の不遇を憐れんでくれるのと

同時に、

「成彰は若いうちに海外に出したせいか、奔放なところがある。眞幸くんを振りまわしていなければいいいんだが」

と、眞幸の心配をしてくれた。

それに眞幸は、

「いえ、高校にいた頃から、いろいろと気にかけていただいて、感謝してもしきれないことばかりです」

無難に、けれど、本心を告げる。

その言葉に夫人は、微笑んだ後、

「もし、振りまわされたり、愛が重くて面倒な時があったら、いつでも言ってちょうだい。多少の時間稼ぎならしてあげられるわ」

そう言い、社長も頷くと、

「しばらく、海外に視察に行かせればすむ話だからな」

と笑う。

それに成彰は肩を竦めて、

「まさか、息子より嫁の肩を持つとは思いませんでした」

と笑ったが、さりげなく交ぜられた「嫁」というキーワードに眞幸は社長夫妻の反応が怖

かった。しかし、

「可愛いお嫁さんの肩を持つのは、姑《しゅうとめ》として当然のことよ」

夫人はそう言って笑い、社長も面白そうに頷いていた。

もちろん、正月早々揉めたくはないので冗談で流してくれたのかもしれないが、その後も特に何か苦言めいたことを内々で言われたりもしていないので、現時点では、眞幸の存在は受け入れてくれているらしい。

とはいえ、それが世間に公表されるような事態になるのとは別問題だ。

「先輩がもう少し『時の人』じゃなくなってから、考えます。……今、ばれたら、どこに行くにもマスコミに追われて、ゆっくりもできないですよ」

眞幸が言うと、成彰は、それもそうか、と納得したような顔をしたが、

「だが、時間を置いたら、こんどは眞幸が忙しくなるだろう？　次の辞令はもう蹴れないぞ」

思案顔で言う。

瀧川に入社してから、眞幸はすでに二度、辞令を蹴っている。

眞幸は今の時点ではなんの肩書きもない一般社員なのだが、係長への昇進の打診があった。

そもそも、瀧川に入社する時に相応の肩書きをと成彰は言ってくれたのだが、眞幸はそれも断っていた。

とにかく自分の仕事を見てから判断してほしい、と。

そして仕事を見て判断した結果として早々に打診があったのだが、それを時期尚早として眞幸は断ったのだ。

それは責任のある立場になりたくないというようなことではなく、転職間もない自分が早々に昇進するのは周囲にあまりいい影響を与えないと判断したからだ。

「まだ、早いと思ってるんですけれどね。……一年は見てもらった方が」

「もう充分、眞幸の有能さは知れ渡ってる。昇進しないことの方を不思議がられてるぞ」

「……そう言ってもらえるのは嬉しいんですけど」

思案顔になった眞幸に、

「まあ、仕事の話はこれまでにしよう。せっかくの週末婚の最中だからな」

成彰はそう言って眞幸の肩を抱き寄せる。

その腕の力強さに、どこかで安堵している自分を眞幸が感じた時、来客を告げるインターホンが鳴った。

その音はエントランスからのものだった。

「まったく、誰が邪魔をしに来たんだか」

成彰は立ち上がり、インターホンを確認に向かう。そして、誰が来たのかカメラで確認してから、眞幸を見た。

「一史《かずし》くんが来たようだぞ」

「一くんが？」

一史はこの春からＳＧ28に就職し、それに合わせて一人暮らしを始めた。

週末は眞幸が成彰と過ごすのを知っているので、邪魔をするようなことはせず、会うのはいつも平日の夜だ。

「とりあえず用件を聞くか」

成彰はそう言うとインターホンをつないだ。

「一史くん、どうかしたか」

『あ、お休みの日にすみません。ちょっと、兄ちゃんに急ぎの用があって……会えますか』

一史の声は少し困ったような、そんな声に聞こえた。

「分かった。上がってくるといい。部屋の鍵も外しておこう。そのまま入ってきてくれ」

成彰はそう言ってエントランスのロックを外すと、インターホンを切る。

「何があったんだろ……」

木曜の夜に会ったが、その時は普通だった。

何か起きたとしたらそれ以降だろう。

「まあ、すぐに分かる」

成彰はそう言うと玄関の施錠を外しに行き、そしてすぐに戻ってきた。

それからややして、一史がやって来たのだが、

「ブォンジョールノ、ラプンツェル」

　リビングににこやかな笑顔で登場し、そう言ったのは一史――より先に入ってきた、成彰の同期生でありSG28の社長である川崎《かわさき》だった。

「川崎先輩……！」

「おい、川崎！　何しに来た」

　眞幸は驚き、成彰は立ち上がって川崎を詰問する。

「何しにって、眞幸ちゃんに会いに？　元気？」

　成彰の詰問もさらりと受け流し、川崎は眞幸に小さく手を振りながら聞いてくる。

「元気です、ご無沙汰してて、すみません」

「いいの、いいの。どうせこの悪い魔法使いがラプンツェルを閉じ込めてるのは分かってるから」

　成彰を指差し、川崎は言い、

「俺は、二人の邪魔をするのよくないって言ったんです」

　一史は無実を訴える。

「そうそう、一くんは悪くないんだよー？　俺が社長権限をちらつかせてね？　あ、二人ともお茶飲んでたんだ？　丁度よかった、お菓子買ってきたし、俺も喉渇《かわ》いちゃったな」

　川崎はにこにこしながら成彰を見る。

「おまえは水でも飲んでろ」

「わー、酷い。それが苦楽を共にしてきた盟友に言う言葉なんだ？」

「苦楽を共にしてきたから、追い返さないんだ。ありがたく思え」

「わぁ、やさしーぃ。あ。眞幸ちゃん、ケーキ好き？　いろいろ買ってきたから好きなの選んで」

川崎はそう言うと一史に視線を向ける。一史は、持っていたケーキの箱をリビングの机の上に置いた。

「初めての店だったから、よく分かんなかったけど……兄ちゃんが好きそうなの選んできた」

申し訳なさそうにしながら、一史は言う。

「ありがとうございます、川崎先輩、一くん」

眞幸が礼を言うと、

「仕方がないな……コーヒーを淹れなおすか」

中途半端に残ったまま、冷めてしまったコーヒーのカップを成彰が手に取る。それを、いていい、という合図として受け取った川崎は、

「俺、紅茶がいいなー」

とリクエストをする。

「おまえは水だと言っただろうが」

成彰は容赦なく返しながらも、結局、四人分の紅茶を淹れて戻ってきた。

そして四人でのお茶タイムになったのだが、

「川崎先輩には、一くんが本当にお世話になって……。いろいろ、気にかけてくれるって伺ってます。ありがとうございます」

眞幸は川崎に改めて礼を言った。

一史は入社前から川崎に気に入られて、今、一人暮らしをしているマンションも川崎が知り合いの物件を一史に紹介してくれた。

とにかく実家との関わりを現時点ではすべて断っている一史は、これまでの貯金通帳などもすべて置いて来ていて、先立つものがなく、そういう面でも川崎がいろいろと援助してくれているらしい。

川崎いわく、

『大学の成績とか、入社テストとか見ても飛び抜けて有能なのに、そういう、命綱なしでバンジージャンプやらかしちゃうとこ、大好き』

と面白がって、何かと声をかけてくれるらしい。

確か昨日も、川崎の接待のお供で出かけていたはずだ。

眞幸はそういった「特別視」される部分で、一史が同期から浮いてしまわないか心配していたこともあったのだが、当の一史は、

「どうせ桐原の御曹司ってことで特別視はされてるし、インタビューでSGに入ったのは牧野さんの引き合いだってことにしちゃってるから、どうしたって特別視はされるし。だったら、ガチでこいつ特別だなって実績見せりゃいいだけだから、別に?」

と、まったく平気な様子だった。

「いやいや、お世辞じゃなく一史くんは優秀だからね。促成栽培で育てて、成彰の抜けた穴を埋めようって腹積もりだから、気にしないで?」

笑って言う川崎の言葉に、

「眞幸、言っておくが今のは『いろいろこき使うつもりで育ててる』っていう意味だからな」

成彰が付け足す。

「うわー、なんでバラすかなー。眞幸ちゃんの俺への高感度アップさせるつもりだったのにー。あ、眞幸ちゃん苺《いちご》食べる?」

川崎はそう言って、自分が取ったケーキにのせられた真っ赤な苺をフォークですくい、眞幸のケーキの上にのせる。

「ありがとうございます」

眞幸が礼を言うと、

「高感度の上げ方が細かすぎだ。必死か……」

成彰が苦笑するのに、社長である川崎の手前、笑いをこらえていた一史は耐えきれずに吹き出し、それにつられて、眞幸も笑った。


二時間ほど、四人でいろいろと楽しく喋った後、川崎と一史は帰っていった。

眞幸が夕食も一緒にどうですかと誘ったのだが、

「さすがに、そこまで長居したら、明日の朝、宅配便で会社に藁人形《わらにんぎょう》送りつけられるからやめとく」

と川崎は笑い、帰ったのだ。

だが、その二人の帰り際、玄関まで二人を見送った成彰は、

「あ、一史くん」

不意に一史を呼び止め、それに一史が振り返ると、

「今度、同じことやったら、出禁な」

ものすごくいい笑顔で大人げなく言い、それに眞幸は苦笑したのだった。

おわり

あとがき

こんにちは。夏の暑さにＨＰのすべてを持っていかれている松幸かほです。

ダリア様で書かせていただくのは初めてで、「初めまして」の方も多いと思いますが、奈良の片隅で細々とＢＬを書いております。

あと、汚部屋暮らし歴が長いことで、少し知られているかもしれません。その結果がカバーの折り返しコメントにつながるという非常に残念な生き物です……。

一年に一度くらいは「片付けよう！」みたいな気持ちになるんですけど、荷物がありすぎて途中挫折を繰り返すうちに、部屋がいつしか魔窟に……。

いつか、人間の住む部屋に戻したい、と切に願っております、という非常に残念な自己紹介から入ってみましたが、気を取り直して、今回の作品のことにむりやり、話を移したいと思います。

今回は、薄幸系主人公にワイルドイケメンを添えてみました。私の書く話は、ご存知の方もいらっしゃるかと思いますが、
・受けが粗暴
・攻めの存在感が薄い
ことがあります。が！　今回はそのどっちにも該当しないという……。正直、まだ私にもこ

んな話が書けたんだなぁと、しみじみ思いました。

ですが、細かく笑いを取ろうとするところはどうしても押さえきれず……川崎先輩のような人が出てきてしまいました。でも、担当のN様は川崎先輩を気に入ってくださっているようなので結果オーライだと思いたい！

そして、今回の作品にイラストをつけて下さったのは、なんと、蓮川愛《はすかわあい》先生……。もうね、先生の名前を四倍角くらいにして書きたいくらいの勢いで、私の中では天を仰ぎみるレベルの方で……。まだ読む側でしかなかった頃から好きだった先生のお一人なのです。その蓮川先生にイラストを描いていただける時が来るなんて、思いもしませんでした。このお仕事をしていると、「ずっと前から好きでした！」と熱烈告白したい勢いの先生方にイラストを描いていただけることがあるのですが……生きてて良かった、とそのたびに思います。

しかも、眞幸の美人なことと言ったら……。そして成彰がめちゃくちゃイケメンで！　キャララフを見せていただいた時点で、絶叫しそうになりました。蓮川先生、本当にありがとうございます！

今年は、いろいろと大変なことが起きていて、外出もままならず――普段から引きこもってお仕事をしているので、それほど不自由はないのですが、それでも気持ち的に落ち着かないですね――、楽しみごとも中止になったり延期になったり、これからどうなるんだろう、なんて思うこともありますが、今回のことが終息したその先にある世界が、これまでの延長線上ではなく、より良い世界になっているように、今を頑張っていけたらなと思います……なんて、ちょっと真面目に書いてみましたが、私の場合、まずは「部屋を片付けろ、話はそれからだ」なわけで……、が…頑張る……。

そんな、ちょっと不自由な「今」ですが、この本が、読んで下さる皆様にとってほんの少しでも楽しみになってくれたら、と思います。

そして、この本をちゃんとこうしてお届けできる形にしてくださった皆様に感謝を……土下座付きで（ちょっとやらかしかけたらしい）。

これからも、頑張って行こうと思いますので、どうぞよろしくお願いします。

本気で溶けそうだと思う八月中旬　　松幸かほ

弟の一史くんがすごくイイコで！
お兄ちゃんLOVEなところもカワイイです。
お弁当のシーンがツボでしたので
妄想イラストを…。
牧野さん、ちょっとごめんなさい(笑)

今回、松幸先生と初めて
お仕事させていただきまして
とても嬉しかったです。
ありがとうございました！

初出一覧

恋知らずのラプンツェル ………………………… 書き下ろし
ラプンツェルへの訪問者 ……………………… 書き下ろし
あとがき ………………………………………… 書き下ろし

ダリア文庫をお買い上げいただきましてありがとうございます。
この本を読んでのご意見・ご感想・ファンレターをお待ちしております。

〒170-0013 東京都豊島区東池袋3-22-17　東池袋セントラルプレイス5F
(株)フロンティアワークス　ダリア編集部
感想係、または「松幸かほ先生」「蓮川 愛先生」係

この本の
アンケートは
コチラ！
http://www.fwinc.jp/daria/enq/
※アクセスの際にはパケット通信料が発生致します。

恋知らずのラプンツェル

2020年9月20日　第一刷発行

著　者
松幸かほ

発行者
辻 政英

発行所
株式会社フロンティアワークス
〒170-0013 東京都豊島区東池袋3-22-17
東池袋セントラルプレイス5F
営業　TEL 03-5957-1030
編集　TEL 03-5957-1044
http://www.fwinc.jp/daria/

印刷所
中央精版印刷株式会社